共和国的历程

# 浩气长存

## 志愿军战斗英雄的光辉事迹

刘 亮 编写

蓝天出版社　吉林出版集团有限责任公司

图书在版编目（CIP）数据

浩气长存：志愿军战斗英雄的光辉事迹／刘亮编写.
—北京：蓝天出版社，2014．1（2023.3重印）
（共和国的历程）
ISBN 978-7-5094-1102-5

Ⅰ．①浩… Ⅱ．①刘… Ⅲ．①革命故事－作品集－中国－当代 Ⅳ.
①I247．8

中国版本图书馆 CIP 数据核字（2013）第 305477 号

浩气长存——志愿军战斗英雄的光辉事迹
编　写：刘　亮
策　划：金永吉　荆忠峰
责任编辑：祖　航　孔庆春
出版发行：蓝天出版社　吉林出版集团有限责任公司
地　　址：北京市复兴路 14 号
邮　　编：100843
电　　话：010—66983715
经　　销：全国新华书店
印　　刷：北京柏玉景印刷制品有限公司
开　　本：710mm×1000mm　1/16
字　　数：69 千
印　　张：8
版　　次：2014 年 4 月第 1 版
印　　次：2023 年 3 月第 3 次
定　　价：29.80 元
版权所有　翻印必究　如有印装质量问题，请寄本社退换

# 前　言

　　中华人民共和国自1949年10月1日成立以来，已走过了六十多年的风雨历程。历史是一面镜子，我们可以从多视角、多侧面对其进行解读。然而有一点是可以肯定的，那就是，半个多世纪以来，在中国共产党的领导下，中国的政治、经济、军事、外交、文化、教育、科技、社会、民生等领域，都发生了深刻的变化，中国人民站起来了，中华民族已屹立于世界民族之林。

　　这段时间放到整个历史长河中是短暂的，有如弹指一挥间，但它带给中国的却是极不平凡的。六十多年里神州大地经历了沧桑巨变。从开国大典到60年国庆盛典，从经济战线上的三大战役到经济总量居世界前列，从对农业、手工业、资本主义工商业的三大改造到社会主义市场经济体制的基本确立，从宜将剩勇追穷寇到建立了强大的国防军，从废除一切不平等条约到独立自主的和平外交政策，从"双百"方针到体制改革后的文化事业欣欣向荣，从扫除文盲到实施科教兴国战略建设新型国家，从翻身解放到实现小康社会，凡此种种，中国人民在每个领域无不留下发展的足迹，写就不朽的诗篇。

　　六十几年在历史的长河中犹如沧海一粟，但对身处其间的个人却是并非无足轻重的。其间究竟发生了些什么，怎样发生的，过程怎样，结果如何，非人人都清楚知道的。对此，亲身经历者或可鲜活如昨，但对后来者却可能只是一个概念，对某段历史的记忆影像或不存在或是模糊的。基于此，为了让年轻人，特别是青少年永远铭记共和国这段不朽的历史，我们推出了这套《共和国的历程》。

《共和国的历程》虽为故事形式，但与戏说无关，我们是想借助通俗、富于感染力的文字记录这段历史。这套丛书汇集了在共和国历史上具有深刻影响的重大历史事件。在丛书的谋篇布局上，我们尽量选取各个时代具有代表性的或深具普遍意义的若干事件加以叙述，使其能反映共和国发展的全景和脉络。为了使题目的设置不至于因大而空，我们着眼于每一重大历史事件的缘起、过程、结局、时间、地点、人物等，抓住点滴和些许小事，力求通透。

历史是复杂的，事态的发展因素也是多方面的。由于叙述者的视角、文化构成不同，对事件的认知或有不足，但这不会影响我们对整个历史事件的判断和思考，至于它能否清晰地表达出我们编辑这套书的本意，那只能交给读者去评判了。

这套丛书可谓是一部书写红色记忆的读物，它对于了解共和国的历史、中国共产党的英明领导和中国人民的伟大实践都是不可或缺的。同时，这套丛书又是一套普及性读物，既针对重点阅读人群，也适宜在全民中推广。相信它必将在我国开展的全民阅读活动中发挥大的作用，成为装备中小学图书馆、农家书屋、社区书屋、机关及企事业单位职工图书室、连队图书室等的重点选择对象。

编　者
2014 年 1 月

目 录

目
录

# 一、 特级英雄黄继光

● 黄继光一听就急了，像个小孩子似的生气地说："我小、我矮，可谁也不是天生长大个的呀！我个子矮，目标就小，子弹打不着嘞！"

● "我一定完成任务，参谋长。让祖国人民听我们的胜利消息吧！"黄继光充满着信心和力量，坚定地说。

● 只见黄继光勇敢地迎着弹雨跳起，张开双臂，像一只大鸟一样向火舌扑去。敌人火力点上明亮的火舌立刻消失了，接着沉闷地响了几下，就再也不出声了。

# 参加志愿军

1951 年 3 月的一天，四川省中江县人民武装部里人头攒动，这里正在征召志愿军新兵。

就在大家争先恐后地报名参军时，从人群中挤出一个个子矮矮的小伙子，他一边奋力钻出人墙，一边对招兵干部说："首长同志，快给我一张表格，我要参加志愿军，教训美国狼！"

招兵干部看到这个被人群挤得有些狼狈的小伙子，连忙微笑着递给他一张表格。

小伙子连忙接过表格，又蹲下身子，"嗖"地一下子就从由数十条腿组成的"树林"里钻了出去。

招兵干部点了点头，那么点儿的小个子能从人墙里钻进钻出，这人身手还可以。他不知道，这就是将来扬名朝鲜战场的黄继光。

黄继光生于 1930 年 11 月 20 日，自幼家境贫寒，六七岁时父亲就因受地主欺压，病恨交加而死。黄继光从小就给地主打长工、割草放牛，养成了坚忍顽强的性格。家乡解放后，村里组织起农会，黄继光不但成为农会第一批会员，积极与地主斗争，还当上了村里的民兵。

当美帝国主义的战火烧到鸭绿江边时，黄继光的心情难以平静。他想：敌人要把我们打回到解放前，绝对不能让他们的阴谋得逞！我要报名参加中国人民志愿军。

填写完表格，黄继光来到体检处。负责体检的干部看了看黄继光说："你个子太矮了，不符合征兵要求，还是回家去吧。"

黄继光一听就急了，像个小孩子似的生气地说："我小、我矮，可谁也不是天生长大个的呀！我个子矮，目标就小，子弹打不着嘞！"

"打仗很苦的，有时候连饭都吃不上啊！"

"打仗吃不上饭，那怕啥！要是美国鬼子来了，世世代代都别想吃上饭。"黄继光语气坚定地说。

充满志气的话语感动了招收的同志。于是，他们在黄继光的表格上盖了章，同意他参军。

1951年7月1日，志愿军新兵黄继光被编入第十五军第一三五团二营六连任通信员，随着部队跨过鸭绿江，进入朝鲜。

新兵的第一个任务是练兵。在练兵中，黄继光被各种新式武器迷住了，他样样都想学，样样都想一下子学会。一有空，黄继光就跑到别的班里去，请同志们教他。手榴弹、手雷、步枪、自动枪，他很快就掌握了。

后来，黄继光又听同志们说，机枪打起仗来像把铁扫帚，一扫敌人就倒下一大片，他就又去学机枪；听说火箭筒能穿透碉堡，能穿透全身钢板的坦克，他就又去学火箭筒；听说六○迫击炮能打六七百米远，炮弹一炸一大片，他又爱上了六○迫击炮……

特级英雄黄继光

有的战士问他："你一个通信员，学这些干什么？"黄继光理直气壮地反驳："通信员咋的，通信员也要和敌人干哪！"

勤奋好学的黄继光很快在连里出了名。1952 年 2 月，黄继光随部队来到五圣山脚下的 781 高地。终于能和敌人面对面地干上一仗了，黄继光心里憋着一股劲儿。

可是没几天，上级就决定把连里的炊事员、军械员、司务长等人组成连队的后勤组，转移到五圣山后面住。黄继光被分配在后勤组跟随带队的副指导员。这意味着黄继光很可能参加不了战斗了。

一听到这消息，黄继光立即找到副指导员，说："副指导员，让我留在前面吧，我参军快 1 年了，连一次小仗都没捞着打。这算啥志愿军战士？怎么对得起'最可爱的人'这个称号呢？"

"志愿军战士也不是全都要上前线啊！祖国人民说的'最可爱的人'，也不只是指战斗在前线的同志嘛。"副指导员微笑着说。

"但在前线能枪对枪、刀对刀地跟敌人干，这对人民贡献更大呀！"黄继光固执地说。

"难道不枪对枪、刀对刀地跟敌人干，对人民就没有贡献了？"看到黄继光依然坚持，副指导员心平气和地指着子弹箱上的一只闹钟说，"你说，这个钟表光有齿轮，没有螺丝钉，它能走动吗？"

"当然不能！"

"那么，打仗时没有后勤送饭、送弹药，能行吗？"

"不行。"

"对呀！我们的军队就像这只闹钟，是由无数的齿轮和螺丝钉组成的。如果没有后勤人员的配合，光凭刺刀是打不了胜仗的。所以，一个真正的志愿军战士，一个名副其实的'最可爱的人'，就要像钟表上的螺丝钉一样，无论在什么工作岗位上，都要充分发挥自己的作用，只要做到了这一点，你就对人民有了贡献。"面对执拗的黄继光，副指导员非常耐心地说。

"哦……"黄继光听了豁然开朗，站起身来给副指导员敬了个军礼，然后蹦蹦跳跳地走下了坑道。

从此，黄继光愉快地跟着副指导员，勤勤恳恳地做起后勤工作。

想通了的黄继光除了圆满地完成本职工作外，还积极帮助其他人，不是到炊事班里帮着烧火、担水、劈柴、切菜，就是跑到军械员和司务长那里帮忙给前沿阵地上的各班分发弹药、灯油和干粮，送木料……有人掰着指头数了数，从通信员到炊事员、担架员、运输员、军械员，直到电话员的工作，黄继光一样也没落下。

这天，附近一个机炮连的指导员遇到黄继光的副指导员，他笑呵呵地说："谢谢你派人帮我们打坑道。"

副指导员一听就愣住了，这可从何谈起？他急忙问："谁去帮你们打坑道了？我没派过人呀。"

"你没派人吗？"机炮连的指导员也糊涂了。他仔细

特级英雄黄继光

地想了一下，然后肯定地说："一定是你们后勤的，他说是你叫他来的。"

"长得什么模样？"副指导员问道。

"20 岁出头，前额宽宽的，眼睛有些眯缝，脸胖乎乎的。他每天晚上都来帮我们打坑道。这小伙子个子虽然矮，可抡起大锤来一口气就是百十来锤……嗯，好像姓黄，一口四川腔。我们还准备替他请功呢！"

副指导员明白了，一定是黄继光，原来黄继光还常常背着自己去帮助别人。

不久后，机炮连的坑道里放映苏联影片《普通一兵》，讲的是马特洛索夫的故事。黄继光连看了 3 遍。

马特洛索夫在没有弹药的情况下，勇敢地扑向正在疯狂扫射的敌人地堡。这个英雄形象给黄继光留下了深刻而难忘的印象。

从此，马特洛索夫好像给了黄继光一把生活的尺子，黄继光时时用这把尺子来衡量自己。

# 保卫上甘岭

1952 年 10 月 14 日晨 4 时 30 分，五圣山上甘岭火光闪闪，炮声隆隆，密集的炮弹如下雨一样倾泻在我军阵地上。

在 5 天的时间里，美军向上甘岭地区发射炮弹 30 万发，飞机投掷重型炸弹 5000 枚，相当于把一个小型钢铁厂扔到了上甘岭。我军阵地上终日天昏地暗，空气灼人，火焰不熄，岩石被炸成黑色的粉末，山尖被炮弹削成了平地。

敌军之所以如此猛烈地进攻上甘岭，是因为这里是五圣山的要隘，而五圣山是扼守平康平原的门户，打开这扇门，敌人的机械化兵团就可以长驱直入，直抵中朝边境的鸭绿江畔。

上甘岭有两个重要的阵地，即 597.9 高地和 537.7 北山。这两个阵地如两只手臂拱卫着上甘岭，一旦失守，则上甘岭危殆。

所以，敌人对 597.9 高地和 537.7 北山这两个阵地的攻击最为猛烈。

狂轰滥炸过后，敌人在这块方圆 3 平方公里的土地上，集中 3 个步兵师、近 100 架飞机、100 余辆坦克，分别向我这两个高地猛扑。

特级英雄黄继光

驻守在上甘岭的志愿军第十五军将士奋起反抗，坚决反击敌人的疯狂进攻。

志愿军步兵两个连在炮兵的配合下战至 19 日，歼敌五六千人，终因寡不敌众，撤进坑道。597.9 高地表面阵地被敌人占领。

敌人并不知道，他们已经坐在了"火山口"上，隐蔽在坑道里的志愿军即将像炽热的岩浆一样将他们吞噬。

20 日 5 时 30 分，隐蔽在山沟、洼地里的我军炮兵群滚雷般地咆哮起来。

顿时，交织飞舞着的无数炮弹，把天空映得一片通红。敌人阵地上构筑的工事顷刻间被炸上了天，炸碎的钢筋、水泥打着旋儿飞上天空，又狠狠地摔在地上。敌人被猛烈的炮火炸得人仰马翻，炮弹炸起的气浪将敌人的钢盔、枪支和残肢掀出好远。

整个 597.9 高地像一座暴怒的火山，天摇地动，到处喷射着火焰，到处是隆隆的巨响。

在这次战斗中，黄继光所在的六连的任务是，顺着上甘岭的西南山岭逼近 597.9 高地，攻击的顺序是 6、5、4 号阵地和 0 号阵地。

战斗开始前的 10 月 19 日夜，黄继光把拳头举过头顶宣誓："不论在什么情况下……需要我们去爆破，我们就坚决去爆破！用胜利保卫和平！为祖国人民增光！"

在强大炮火掩护下，连长指挥着二排的战士，紧追着层层延伸的炮火，迅速地向 6 号阵地前进。

6号阵地上，被我军炮火炸得晕头转向的一个排的敌人，还没有完全清醒，便被全部消灭在工事里。

这时，六连连长断定，敌人还没有完全发觉我军的意图，于是命令二排副排长带领五班继续向5号阵地攻击。

在一阵激烈的战斗之后，5号阵地上的敌人也很快就被消灭了。

反攻发起才25分钟，我军便夺取了两个阵地。

胜利的红旗刚刚插上5号阵地，连长就立即命令部队按照预定计划向4号阵地发起攻击。

战士们像旋风一样向4号阵地冲去。

黄继光趴在交通壕的边上，羡慕地看着战友们消失在山的那一边。

不一会儿，黄继光就听见4号阵地上枪声和手榴弹的爆炸声响成一片，红色的曳光弹拖着长长的尾巴，纵横交错地在空中飞舞。

"黄继光！"就在黄继光关注着4号阵地战况时，传来营参谋长的声音。

"到！"黄继光一边大声回答，一边迅速从交通壕边上退下来，跑到营参谋长跟前。

"你到4号阵地上去看看，打了这么久，怎么还拿不下来？"营参谋长下达命令。

"是！"黄继光转身跑向4号阵地。

黄继光机灵地躲过敌人的炮火，很快来到4号阵地，

特级英雄黄继光

在坑道里找到负责进攻的六连连长。

六连连长说:"4 号阵地上的敌人火力很猛,而且阵地前沿地形开阔,无法隐蔽;0 号阵地上的敌人也发现了我军的意图,用十五六挺机枪支援 4 号阵地上的敌人。我们已经攻击 2 次了,还没有成功……你报告参谋长,虽然伤亡很大,但我们有信心完成任务!"

黄继光刚转身要走,坑道里的战士们一齐向他喊起来:"让首长放心,敌人就是生铁蛋子,我们也非把它砸成粉末不可!"

黄继光跑回指挥所向营参谋长详细报告了 4 号阵地上的情形。

在这时,4 号阵地上又响起了狂风暴雨般的枪声。黄继光便立刻紧伏在交通壕边上,继续观察着 4 号阵地的一切战况,他的心犹如一颗炮弹早已射了出去。

只见几个志愿军战士从坑道里飞奔而出,但没有走几步就倒下了。黄继光看了,不由得咬牙切齿地狠狠地用拳头砸了一下地,好像向敌人头上砸去。

又有几个战士从坑道里冲了出来,他们匍匐着前进,一点点地挪向敌人,当离敌人越来越近时,他们先朝敌人的阵地扔出几颗手榴弹,便趁着腾起的烟雾,立刻向敌人迂回冲去。等到敌人的机枪扫过来时,战士们已经消失在山的那一边了。

"真聪明!"看到战友机智地通过了开阔地,黄继光乐得直拍巴掌。

不一会儿，敌人阵地上响起一阵急促的枪声，接着是手榴弹的爆炸声。又过了一会儿，从4号阵地上飞起一颗红色信号弹。黄继光立刻高兴地放开喉咙大叫一声："4号阵地被占领了！"

　　经过一番艰苦的战斗，志愿军靠着勇敢与顽强，终于占领了阵地。

特级英雄黄继光

# 舍身堵枪眼

在强大的反击炮火下，597.9 高地右侧的 6、5、4 号阵地终于被我军收复了。

然而，就在这条起伏的山脚即将被我军全部占领的时候，敌人主峰周围和 0 号阵地上残存的火力点突然复活，开始猛烈射击。敌人的机枪疯狂射击，细密的弹道上下交织成一片火网，把我军紧紧压在主峰下面。

我军的炮火已按时延伸射击，总攻即将开始。如果不拿下 0 号阵地，清除主峰上的火力点，进攻部队势必会遭受很大损失。

然而，此时六连突击队仅剩 16 人，敌人的照明弹又把 0 号阵地前沿照得一片通明。在这样的情况下通过火网，消灭敌人，对大家是一个严峻的考验。

就在这时，黄继光随着营参谋长来了。营参谋长听了六连连长报告的情况后，斩钉截铁地说："不论花多大代价，天明以前一定要把 0 号阵地拿下来！"

六连连长立刻将突击队分为几个爆破组，分批爆破。

连长站在坑道口仔细观察敌人的火力，他在寻找敌人炮火的间隙。

突然，连长果断地一挥手，大声说："第一组，上！"

执行爆破任务的第一组的 3 个战士立刻冲出坑道，

向敌人火力点冲去。

这时，敌人突然打出一排榴弹，3 名战士被榴弹弹片击中，倒在血泊之中。

连长转身对第二组说："动作要快，蛇形前进，低姿匍匐，注意敌人的榴弹！上！"一向果断的连长突然变得有些絮叨。

第二组立刻旋风一般冲出坑道。3 个人压低身子，左躲右闪，快速前进。

敌人集中火力封锁。

第二爆破小组没走多远，就被机枪击中。

连长看到 3 个战士的身体在弹雨中被打得直抖，不由狠狠地砸着坑道石壁。"偷袭是不行了，调重机枪上来，火力压制。"连长说。

重机枪手对着敌人地堡的枪眼开火了，敌人的火力立刻变弱了。

"第三组，上！"连长声嘶力竭地喊。

第三组又冲了出去，3 个人很快消失在夜色中。

突然，敌人的迫击炮开始射击。连长透过夜色看到，3 个战士被炮弹击中，仰面摔倒在地。

东边，曙光初露，天色也越来越亮了。

上级又一次次来命令催促攻击，刻不容缓。

怎么办？余下的战士们把拳头捏得咯咯直响。

"参谋长，我去！"站在营参谋长旁边的黄继光跳出来，坚定地说。

特级英雄黄继光

　　参谋长毅然作出决定：由黄继光、肖登良、吴三羊3人组成新的爆破小组，炸掉敌人火力点。

　　黄继光从内衣口袋里掏出一个纸包，神情凝重地递给了参谋长。那是他妈妈的来信。

　　"我一定完成任务，参谋长。让祖国人民听我们的胜利消息吧!"黄继光充满着信心和力量，坚定地说。随即转身便和两个战友跃出坑道，向喷射火舌的敌人火力点匍匐前进。

　　黄继光在前，肖登良居中，吴三羊在后，3个人互相掩护着勇敢向前。

　　0号阵地上的敌人发现了他们，立刻用机枪封锁他们的前进道路。地堡里喷射出道道火舌，形成一层光亮的火网。无数道火舌在他们身边狂舞，子弹怪叫着打在身边的地上，他们的生命被压缩在狭窄的弹道缝隙中。

　　吴三羊趴在一个炮弹坑里，用手臂撑起上半身，拿起冲锋枪拼命地射击，打光一个弹匣立刻换上另一个弹匣，弹壳像炒豆一样从冲锋枪退弹口里飞出，很快就把身边的地上铺满了。

　　黑夜中，冲锋枪喷射出的明亮火焰很快吸引了敌人的火力，地堡里的敌人立刻集中数挺机枪向吴三羊扫射，吴三羊的身边顿时被打得烟雾腾腾。趁着敌人转移火力，黄继光和肖登良加快速度向地堡匍匐前进。

　　敌人密集的子弹把吴三羊打中了。吴三羊同时被几发重机枪弹击中，飞了出去，摔倒在山脊背上，冲锋枪也被打碎了。吴三羊躺在地上，期待地望着黄继光的方向，直到壮烈牺牲。

肖登良终于爬到一个火力点附近，他突然站起，向敌人投出一颗大号手雷。手雷旋转着落进地堡，"轰"的一声巨响，敌人在火光中被炸得支离破碎，飞上了天。

然而，就在肖登良扔出手雷的一瞬间，他也被敌人的机枪击中，摔倒在地，身负重伤。肖登良侧卧在地上，忍着剧痛向黄继光的方向望去，看见敌人射向黄继光的火力弱了下来，欣慰地靠在地上，昏了过去。

爆破小组一死一伤，摧毁敌人火力点的艰巨任务，就全部落在了黄继光一个人的身上。

战友的牺牲激起黄继光无限的愤怒和勇气，面对眼前的死亡火网，他恨不得一下子就冲过去，立刻就把敌人的机枪炸上天。

两个战友用鲜血掩护了黄继光，将敌人的火力吸引过去。趁着敌人转移火力的时候，黄继光收集身边的一些手榴弹和手雷后，继续往前爬着。

这时，敌人又打起照明弹。徐徐下降的照明弹像大灯笼一样，把整个阵地照得一片明亮。黄继光连忙低头不动。但是这照明弹还是一颗接一颗地亮起。

黄继光被敌人发现了。霎时，敌人集中三四挺机枪一齐对着他疯狂射击，弹雨在黄继光身边打起一片尘土。

黄继光机警地一个侧滚，翻到一个弹坑里，躲过敌人的射击，然后又迅速跳入另一个弹坑隐蔽。

特级英雄黄继光

这样，黄继光时而隐蔽，时而匍匐急进，借着弹坑的掩护蛇形前进，离敌人的火力点越来越近。

敌人透过射击口看到了黄继光攥着的手雷，"是爆破手！快干掉他！"敌人的声音恐惧得发颤。立刻，敌人所有的机枪都扫过来，在黄继光面前形成一道弹幕。

突然，黄继光只觉左臂一震，随即是一片殷红。机灵的黄继光立刻一歪身子，假装牺牲，一动不动。

敌人一看黄继光不动了，就开始向其他方向射击。

在敌人转移火力的一刹那，黄继光迅速匍匐前进，很快就爬到距离敌堡八九米的地方。

黄继光猛地站起来，将一个手雷投向地堡。

"轰"的一声巨响，火光中，敌机枪射手和机枪一齐被炸上了天。然而，另一个地堡中的敌人趁黄继光跃起时开枪，黄继光的前胸被敌人射中 3 发子弹，他被打得一个趔趄，随即摔倒，昏迷在血泊之中……

一阵猛烈的机枪扫射声把黄继光从昏迷中惊醒，随即伤口的剧痛疼得他直哆嗦。

黄继光摸了摸身上，只剩下一颗手雷了，左手也已经不听使唤了。黄继光用右手把手雷掏出来，攥在手里，侧身向敌人的地堡爬去，身后留下一道血痕。

来到地堡边上，黄继光咬紧牙关，挺起半个身子，挣扎着跪了起来，接着猛地站起，举起右臂，使尽最后的力气，将手雷扔进地堡。"轰"的一声巨响，随着一阵卷起的黑烟，敌人的机枪哑了。

黄继光再次昏了过去。

"成功了!"在坑道里观察的连长高兴得直拍大腿。

"出击!"连长一挥手,率领战士旋风一般冲出坑道。

突然,敌火力点残留下来的两挺机枪又在另一个枪眼里扫射起来。反击的部队又被压在了山脊上。

连长一个翻滚躲开弹雨,匍匐在一个弹坑里。他抬头看看天空,东方已经显出鱼肚白,总攻即将开始,再不拿下这个地堡,会有更多的战士倒下。

连长焦急地望着黄继光的方向。

视野中,敌人的机枪还在"嗒嗒"地吐着火舌,明亮的弹道拉出死亡的火线。火光中,一个身影在慢慢地向着敌火力点爬去。"是黄继光!他还没牺牲,我们还有希望!"连长惊喜地说。

连长看到黄继光回头看了看自己,张嘴喊了句什么。连长突然明白了。"黄继光要堵枪眼!"他激动地大吼。

刚说完,只见黄继光勇敢地迎着弹雨跳起,张开双臂,像一只大鸟一样向火舌扑去。敌人火力点上明亮的火舌立刻消失了,接着沉闷地响了几下,就再也不出声了。

"为黄继光报仇!同志们,冲啊!"连长一把甩掉帽子,挥动手枪,一马当先地冲了上去。

"杀!"漫山遍野响起喊杀声,战士们如潮水一样冲上0号阵地,又如潮水一样淹没了敌人的主峰阵地。

战斗结束后,人们找到了黄继光的遗体。烈士的胸

特级英雄黄继光

前已经没有鲜血流出，一片焦黑。

上甘岭出了个马特洛索夫式的英雄，这个消息立刻传到十五军军长秦基伟那里。

秦基伟听了，沉默了好半天，最后郑重地说道："给黄继光请功，请特等功！"

黄继光的英雄壮举，获得了抗美援朝战争中的最高荣誉，黄继光被志愿军领导机关追记特等功，并授予"特级英雄"称号；所在部队党委追认他为中国共产党正式党员；朝鲜民主主义人民共和国最高人民会议常任委员会追授他"朝鲜民主主义人民共和国英雄"称号和金星奖章、一级国旗勋章。

黄继光最后长眠于沈阳市的北陵烈士陵园。

# 二、 特级英雄杨根思

● 杨根思当机立断，抱起炸药包跳入交通壕，飞起一脚踢开碉堡门，如神兵天降，大喝一声："缴枪不杀，谁敢顽抗，统统报销！"说着就做出要拉弦的姿势。

● 杨根思积极动脑，迎战困难，他教战士们用雪擦手擦脸，把玉米皮撕成一条一条揉搓后，一层一层地裹在脚上防寒，大大减少了官兵冻伤的人数。

● 打光最后一颗子弹，杨根思抱起炸药包，拉着导火索，向敌群扑去。

# 跨过鸭绿江

1950 年 11 月 7 日深夜，苍茫的夜色笼罩着鸭绿江两岸。中国人民志愿军第二十军第五十八师第一七二团三连连长杨根思，正在和同志们一起举行入朝参战前的宣誓仪式。

寒风中，战士们低吼：

> 我们是中国人民志愿军，为了反对美帝国主义的残暴侵略，援助朝鲜人民的解放战争，保卫中国人民、朝鲜人民和全亚洲人民的利益，我们志愿开赴朝鲜战场，与朝鲜人民军并肩作战，为消灭共同的敌人、争取共同的胜利而奋斗！

声音虽然不像平时那么响亮，但透射出与往日一样的坚定与豪迈。宣誓仪式结束后，杨根思率领部队融入浩浩荡荡的大军，向战火纷飞的前线挺进。

杨根思是老兵了，1944 年参加新四军时，他第一次战斗就用长矛缴获了一支步枪。

在 1946 年的泰安战斗中，杨根思所在的突击班奉命攻占一座高大的教堂。他们冲到教堂前的一排民房下却砸不开门，而躲在房顶上的敌人则不断地往下扔手榴弹。

在这危急时刻，杨根思冲到离屋檐五六米远的开阔地，迎着敌人的子弹，两手左右开弓，向房顶连续甩了18颗手榴弹，炸得敌人鬼哭狼嚎。战友们乘机冲进屋内。

这场战斗后，杨根思首次获得"战斗英雄"的称号。

在1947年的齐村战斗中，杨根思抱着炸药包冲到敌人一座大碉堡前，放好后正要拉弦，猛然听到碉堡里的敌人正吵嚷着要投降，而领头军官不同意。

杨根思当机立断，抱起炸药包跳入交通壕，飞起一脚踢开碉堡门，如神兵天降，大喝一声："缴枪不杀，谁敢顽抗，统统报销！"说着就做出要拉弦的姿势。

一看这阵势，碉堡内近一个排的敌人乖乖地爬出来缴了枪。战后评功，杨根思被授予"华东一级人民英雄"的称号。

当兵6年，打跑了日本侵略者，打败了国民党军，这回又赶上和美国人打仗。

"这世界上的侵略者都快给咱打遍了！"杨根思高兴地想，他迈开大步，紧紧跟上队伍，雄赳赳气昂昂地跨过鸭绿江。

特级英雄杨根思

# 截断敌退路

1950 年 11 月 25 日，抗美援朝第二次战役打响。27 日，志愿军第九兵团在朝鲜战场东线的长津湖地区向美陆战第一师和步兵第七师发起进攻。至 28 日，志愿军将美军分割包围在柳潭里、新兴里、下碣隅里等地。

这天，杨根思接到团部命令，连夜赶往下碣隅里抢占阵地，截断美军精锐陆战一师的退路。

杨根思立刻率领部队连夜出发，冒着严寒向下碣隅里疾进。

初入朝鲜时，部队由于出发得急，来不及带上棉鞋、棉帽、棉大衣等御寒的衣服。开进东线战区，身着单薄衣服的战士们首先遇到的是零下 30 摄氏度严寒的考验。

在凛冽的风雪中行军，战士们浑身好像冻僵了一般，睫毛、鼻孔和耳鬓都结起了冰霜，整个脸好像是凝着一层薄冰，紧绷绷的，又冷又痛。战士们在冰天雪地里前进，许多人脚冻肿了，耳冻裂了。

杨根思积极动脑，迎战困难，他教战士们用雪擦手擦脸，把玉米皮撕成一条一条揉搓后，一层一层地裹在脚上防寒，大大减少了官兵冻伤的人数。

战胜了寒冷，战士们继续向前，迅速绕过柳潭里和死鹰岭，直向下碣隅里前进。他们一夜行军 65 公里，奇迹般地仅用 8 小时就赶到了集结地，下碣隅里。

第二天，纷纷扬扬的雪花终于停了，天空黑压压的，阴云密布，分不清早晨、中午和傍晚。部队也已断粮，无法用开饭的时间来分清早晚了。

这时，营部通信员挑着两个小筐走了进来，里面装着刚煮熟的土豆。

"报告三连连长，这担土豆，是团部批准给我们前卫营的，营长和指导员说三连是前卫，应该给三连……"

杨根思用双手捧过土豆，心情异常激动。战士们的心情也难以平静。

杨根思亲手把土豆分给了战士们。筐里的土豆在逐渐减少，分到班长，只能是每人两个；分到排长，每人只有一个了。分到连部的干部，两个小筐已经底朝天了。通信员正要说话，杨根思马上用眼色制止了他。

特级英雄杨根思

# 坚守小高岭

1950 年 11 月 29 日，杨根思带领三排奉命驻守下碣隅里外围制高点 107 高地东南的小高岭阵地。小高岭正卡住下碣隅里通往咸兴、元山的公路。能否守住这里，关系到整个战斗的胜败。

敌人为了夺路南逃，在飞机大炮的掩护下，向志愿军阵地疯狂进攻。

这天，号称"王牌"军的美军陆战第一师开始向小高岭进攻，猛烈的炮火将大部分工事摧毁。

杨根思带领全排迅速抢修工事，做好战斗准备。刚修好工事，敌人就开始进攻了。

杨根思沉着应战，指挥战士们等美军靠近到只有 30 米时，带领全排突然射击，迅猛地打退了美军的第一次进攻。

接着，美军又组织两个连的兵力，在 8 辆坦克的掩护下再次发起进攻。

杨根思指挥战士奋勇冲入敌群，用刺刀、枪托、铁锹展开拼杀，将敌人击退。

激战中，又一批美军拥上山顶，杨根思亲自率领第七班和第九班在正面抗击，指挥第八班从山腰插向敌后，前后夹击再次将美军击退。

这时候，八班战士姜子义运手榴弹上来，并带来一张字条，上边写着：

　　亲爱的三连同志，你们是钢铁的连队，要守住这阵地，我相信你们一定能守住。

王国栋

这是副营长写的。

杨根思立即把信念了一遍。阵地上虽然人少，却响起一片欢呼声："我们能守住！"

杨根思望着战友们被炮火熏黑的脸庞，大声说道："这个阵地不能丢。只有我们的勇敢，没有敌人的顽强。敌人凶，我们要凶过他！子弹拼光了拼枪托，拼断了枪托再拼铁锹，阵地绝不能丢。丢了阵地就是丢脸，丢祖国的脸。在美国强盗面前丢脸，是最可耻的事！"

小高岭上所有的人都看着杨根思，从他的话中汲取了巨大的力量。

杨根思把手中的冲锋枪向空中猛地一挥，用更洪亮的声音说："我们人虽少，但打仗不靠人多，靠我们善于歼灭敌人，就是一个人也能消灭敌人，守住阵地！大家有意见没有？""没有！用手榴弹、子弹跟美国鬼子干吧！"战士们大声喊道。

战斗又开始了，敌人把成百上千的炮弹、炸弹抛在

特级英雄杨根思

小高岭上。随后，一群接一群地冲了上来。

八班长一手端着冲锋枪，一手投着手榴弹跳出工事，反复冲杀着……

战士刘玉亭咬紧牙关忍着伤痛，端着机枪猛烈扫射……

战士吴福纵身跃出工事，把手榴弹掷入敌群，并迅猛冲进敌人堆里……

杨根思他们从拂晓一直战斗到黄昏，打退敌人多次冲锋。敌人一批批地被消灭在小高岭前，然而，三排的勇士们也越来越少了。

当杨根思趁着战斗间隙整理部队时，发现阵地上只有3个人了。

烟雾里，重机枪排长爬向杨根思报告说："重机枪子弹打光了。"

"人呢？"杨根思问。

"除了我，只有一个负伤的射手。"

"撤下去！"杨根思命令。

重机枪排长问："那你呢？"

杨根思说："有我在，阵地可以守住！武器是革命的财产，不能损失。赶快撤下去！"

重机枪排长还要说什么，杨根思严厉地说："这是命令，马上执行！"

重机枪排长眼含热泪撤了下去。杨根思从容地脱下军帽，拍去尘土，整了整军装，绕着阵地巡视了一圈，然后隐蔽起来，等着敌人。

此时，后续部队在敌炮火封锁下，被阻隔在山腰上，无法上来增援。他们望着浓烟滚滚、烈火熊熊的山顶，焦急万分，山顶上的同志怎么样了，还能顶住吗？

敌人更猛烈的炮击开始了，炮弹像下雨一样落在小高岭上，巨大的烟柱腾空而起，炮弹的弹片怪叫着，打在石头上，打进土里，烈火烧得小高岭的土都烫手。阵地再一次笼罩在烟雾和弹片里。

敌人的炮火开始延伸，美陆战一师摆出攻击阵形，手脚并用地往上爬。

小高岭上没有枪声了。美军指挥官得意地笑了，就是钢铁在这样的炮火下也会化成粉末。

敌人庆幸这次的顺利，一群士兵拿着蓝底白字的军旗准备插上顶峰，另一群士兵坐下来打开水壶大口地喝水，还有的干脆躺在地上大口地喘气。

在士兵们都爬上阵地后，美军指挥官才爬上来。他一上阵地就驱赶士兵搜索，修筑工事。

这时，隐蔽一旁的杨根思猛然立起，瞄准美军指挥官举起短枪射击，随着枪响，美军指挥官身子一震，不情愿地仰面倒了下去。

突如其来的袭击使美国兵大吃一惊，他们顿时慌乱起来，军旗也倒向一边。

打光最后一颗子弹，杨根思抱起炸药包，拉开导火索，向敌群扑去。

特级英雄杨根思

看见杨根思抱着导火索吱吱冒烟的炸药包冲过来，美国兵惊叫起来，可是他们跑不掉了。

只听一声巨响，卷起一股浓烟烈火……

杨根思牺牲后，志愿军总部给他追记特等功，同时授予"特级战斗英雄"称号，并荣获"朝鲜民主主义人民共和国英雄"称号及金星奖章和一级国旗勋章。

# 三、 一级英雄郭忠田

● 向龙源里进发时，二排已经五天五夜没合眼了，加上中间两天两夜的激战，战士们疲惫不堪，一边走路一边睡觉，后面的战士常常撞到前面的战士才清醒过来。

● 郭忠田检查完工事对大家说："修工事要用力，更要用脑。"他拍打着那块巨石又接着说："挖工事要既能发扬火力，又能保存自己，还要能机动互相援助，这就叫动脑子。"

● 美国兵闪闪发亮的钢盔、高鼻子、大胡子都看清楚了，距离仅有30多米了，郭忠田一声令下，所有火器一齐开火。

# 奔袭龙源里

"同志们，加油呀！这回绝不能让美国佬跑了！"受到鼓舞的战士们高喊着不断前进。

1950 年 11 月 27 日，志愿军第三十八军——三师三三七团一连二排排长郭忠田向全排 31 名战士发出上述号召。此时，郭忠田正带领战士们从朝鲜的三所里向龙源里急行军。提起美国佬，郭忠田和全排战士都压着一股火，憋着一肚子窝囊气。

那是志愿军出国第一仗，志愿军司令部命令三十八军迅速追击熙川江南逃之敌，猛插军隅里、新安州，切断敌人南撤清川江的通路，配合正面三十九、四十军歼敌作战。但是三十八军在熙川江把美军一个营误认为是一个黑人团，等待集中兵力进攻时，错过了战机，放跑了敌人。

战役结束后，志愿军总司令彭德怀在总结会上向三十八军军长梁兴初拍起了桌子："你梁兴初胆大包天！你有什么了不起！我让你往熙川江插，你为什么不给我插啊！"

彭德怀骂声越来越高："都说你梁大牙是铁匠出身，是一员虎将，我看是鼠将！什么主力部队，一个黑人团就把你们吓住了！主力个鸟！"

会后，梁兴初说："骂我梁兴初可以，小瞧三十八军，说实话，我不服！"

不仅军长梁兴初不服，排长郭忠田也不服。

郭忠田是吉林省怀德县九区兴龙沟人，抗日战争结束一个月后成为三十八军的新兵。郭忠田对这支英雄的部队太熟悉了。解放战争时，这支部队"四战四平"、"打锦州"、"攻天津"，从零下30多摄氏度的东北一直打到零上30多摄氏度的海南岛，一路所向披靡，始终都是主攻部队，享有"王牌军"的美称。战争快结束时，敌人只要听到三十八军的番号就会吓得魂不附体。

三十八军也算是彭德怀的老部队了。这个军的前身是彭总发动平江起义的部队，彭总对这支部队是有感情的。那么他为什么还要骂这支部队"主力个鸟"？看来是仗没有打好，彭总恨铁不成钢，说的是气话。

"仗没打好，还怕别人说吗？"三十八军从此都憋足了劲，等着抓住机会打个翻身仗。

机会终于来了。

1950年11月25日，抗美援朝第二次战役拉开序幕。

战役开始时，敌人在西线有8个师、1个旅、1个团，共10万多人，其中美军4个师、2个团，共8万多人，其余为英国、南朝鲜、土耳其、泰国、澳大利亚、菲律宾、加拿大等国的部队。

东线有敌人5个师又1个团，共8.85万人，其中美军3个师，6.3万人。

一级英雄郭忠田

031

志愿军总部的战役部署是，集中9个军30个师在东西两个战场发起第二次战役，以西线为主。

在西线集中6个军18个师参战，三十八军和四十二军首先歼灭德川和宁远的南朝鲜伪七师、伪八师，之后，插向价川、三所里，切断三十九军、四十军正面美军等多国部队的退路。

在东线集中3个军由九兵团负责，主要打击美军陆战第一师等多国部队。

11月27日，我军西线的三十八军和四十二军很快拿下德川、宁远，四十军已向球场、价川方向进攻。同时，五十军、六十六军和三十九军也分别向博川、新安州、价川方向实施突击，美军和南朝鲜伪军已全面溃退。

现在，三十八军一一三师能不能火速插到三所里，关上"闸门"，堵住潮水般的溃逃之敌，成为第二次战役成败的关键。如果关不住"闸门"，这次战役就又会像第一次战役那样打成击溃战。

彭德怀把"关门"的任务交给首战失利的三十八军，就是想看看，三十八军到底是不是主力，这既是考验，也是关爱，打赢了就能翻身！

正是在这种背景下，郭忠田才向全排呐喊："同志们，加油呀！这回绝不能让美国佬跑了！"

11月27日黄昏，彭德怀根据战役进展情况，紧急电令三十八军：

价川美军有南逃迹象，速插三所里。

就在彭德怀为三十八军担心时，三十八军一一三师以三三八团为前卫，14 个小时强行军 72.5 公里，按时插到三所里，与美军逃敌骑一师五团展开激战。

三三八团先后粉碎了美军 10 余次猛烈的冲击，并击退南援之敌的 1 个营，死死关住了三所里敌军逃路的这道"闸门"。

师领导刚想喘口气，侦察参谋报告："发现美军有迹象往三所里以西的龙源里逃窜。龙源里很可能成为美军的又一条逃路。"

龙源里地处价川以南的丘陵地区，在三所里的西面。它不仅北通价川、军隅里，南通顺川、平壤，而且在它的北面有公路可与三所里相连，相距不过几十公里。因此不仅在三所里碰壁的敌人会转道龙源里，而且从清川江南撤的美军也可以从这里逃跑。

这一消息，使在场的人大为震惊。一旦敌人从龙源里跑了，那么就将前功尽弃，影响整个第二次战役，三十八军又将留下千古遗憾。

"把二梯队三三七团拉上去，拼死赶到龙源里，死死守住龙源里！"师长江潮下达了死命令。

三三七团兵分两路，以三营八连为右路前卫，一营一连为左路前卫。

一连把尖刀排的重任交给了郭忠田率领的二排。

此时，郭忠田排肩负起第二次战役"刀锋"的重任。

战士们在向龙源里进发时，二排已经五天五夜没合眼了，再加上中间两天两夜的激战，战士们疲惫不堪，一边走路一边睡觉，后面的战士常常撞到前面的战士才清醒过来。但是，战士们的意志非常坚定，仍然争分夺秒地不断前进。

前进途中，二排遇到一座大雪山，悬崖峭壁，荆棘丛生，根本没有路。

郭忠田身先士卒，带领全排披荆棘、攀悬崖，争分夺秒地与美军抢时间、争速度。

郭忠田的衣服被荆棘扯破20多处，皮肉被划破后，鲜血直流，他全然不顾，仍不断鼓励大家："同志们！这是考验我们的时候，克服困难就是胜利！"

大家你拉我推，经过一个半小时的攀登，全部爬到了山顶。

下山更难了。山高坡陡，天黑雪滑，在这样的情况下下山，一不小心就可能摔得粉身碎骨。

郭忠田想了个好办法，他让大家把带的绳子接起来，牢牢地拴在了山顶的一块大石头上，全排拉着绳子一个接着一个滑到山下。

经过3个多小时的奋斗，大山终于被战士们甩在了身后。但是，还有更加巨大的困难等着战士们，大同江又挡住了他们的去路。

大同江宽约300米，江水表面已结成了一层薄冰，江水冰冷刺骨，况且，战士们还不知道江水到底有多深。

郭忠田二话没说，脱掉棉裤涉水过河。一见排长带头，战士们纷纷跳到河里。每个人都被薄冰划出了口子，却没有一个人叫苦。

经过 12 个小时的急行军，28 日凌晨，郭忠田排这把锋利的尖刀终于插进了"联合国军"的心脏——龙源里，美军逃跑的大门被牢牢地关住了。

一级英雄郭忠田

# 突击挖工事

二排到了龙源里，连里分配他们坚守葛岘岭。这时敌人还没有退下来，战场一片肃静。

郭忠田一到达主峰，就立刻观察地形。

山头北侧，距公路不远有一个山包，山包上有一块巨石。公路正好在这拐弯，什么车到这里都得减速。郭忠田看中了这块地方。

郭忠田又来到山包处，看到山包离公路才五十来米，靠公路一侧如刀削一般，坦克肯定爬不上来。在山包上的那块巨石底下，还有一个天然的石洞，修一修可容一个班。

山包左右的山头上，已被兄弟部队的人占领了，北边是二营，南边是三连，而自己正好在敌人的正面。这样，我军的火力正好形成一个口袋。只要敌人进来，兄弟部队侧击，自己迎头痛击，保证敌人有来无回。

看到兄弟部队如此部署，郭忠田的心中暗自叫好。郭忠田决定把主阵地定在这里，他把重机枪安置在巨石附近，亲自掌握，以便打起来可以左右支援。接着，他又把四班和六班部署在巨石的两侧，并把五班作为预备队。

阵地确定后，郭忠田意识到眼前最重要的是抓紧每一分每一秒，突击挖工事，搞伪装。但是战士们已经几天几夜没合眼了，都想抓紧时间打个盹。

郭忠田知道敌人炮火的厉害，虎着脸下达死命令："全排立即抢修工事，谁也不许睡觉。"

有的战士不高兴了，发着牢骚说："入朝1个多月了，白天黑夜只要一停下来就挖工事，手都磨起了血泡，可一回也没用上，还掘来干什么用，没有打仗痛快。长途行军，累得腰酸腿痛，工事挖完了，说不定一个命令，屁股一拍走了，工事又白挖了。"

郭忠田听了很生气，但这次他没有发火，耐心地对大家说："毛主席说打仗有矛有盾，咱们修工事就是造盾。咱们的盾造结实了，美国佬的矛尖就扎不透。咱们做100次工事，用上一次就够本。盾造好了，一会儿仗打起来，就能少流血、少死人！"

大家觉得排长说得在理，连连点头，就挥动铁锹猛干起来。

郭忠田在阵地上一边指挥大家挖工事，一边检查工事质量。

郭忠田先看了六班班长张祥忠的工事："工事挖得不错，但伪装不够。"郭忠田指出弱点。

走到特等射手阎镇的工事面前，郭忠田环视了一下，说："你的工事射界较窄，把前面的几棵小树砍掉就可以了。"

当郭忠田来到四班老战士李兆喜的工事前面时，看

一级英雄郭忠田

到眼前的情景，他简直愣住了。李兆喜的工事挖得还不到 1 米深，却还不慌不忙地一点点掘土，显得一点都没有紧迫感，头上连点儿汗水都没有。

郭忠田刚要发火，但很快冷静下来。他想：看来，要想彻底转变战士们的思想还真不容易。

郭忠田看了看李兆喜，什么话也没说，把棉衣一脱，抄起一把铁锹就干起来。

看着排长亲自给自己挖掩体，李兆喜站在那里很不自在。郭忠田看到李兆喜很不自在，就说："我那条干粮袋里还有一点干粮，你吃吧。"

听了排长的话，李兆喜越想越不是滋味，干粮袋他连看都不看一眼，一下子从排长手中夺过铁锹："排长，我自己挖!"说着，他挥动铁锹猛干了起来。

郭忠田站在一旁，脸上露出了笑容。

工事很快就挖好了，郭忠田检查完工事对大家说："修工事要用力，更要用脑。"他拍打着那块巨石又接着说："挖工事要既能发挥火力，又能保存自己，还要能机动互相援助，这就叫动脑子。"

听了排长的话，大家又对工事进行了改造。

天快亮的时候，连指导员陈忠孝到二排阵地来巡视，看到二排所有阵地都挖好了，惊喜地问："你们怎么这么快?"

一名战士抢着回答："我们一过江，排长就让每个人拣了一把美国洋锹。刚到这儿，排长就让我们挖工事，还能不快吗?"

这名战士一边回答指导员的问话,一边向郭忠田伸舌头。郭忠田笑着瞪了他一眼。

指导员对郭忠田和二排赞扬了一番,满意地走了。

郭忠田却不满意。他对着山头发呆,一会儿,眼睛一亮,对大家说:"快到山头上再造些假工事,一会儿跟美国佬玩个真假猴王。"说着,郭忠田带领战士们登上山顶,又挖了个极其逼真的假工事。

一级英雄郭忠田

# 狠打敌汽车

东方终于放亮了，太阳在地平线下射出万道光芒，把东方染成了一片金红。

早上8时多，郭忠田突然发现公路上出现了许多小黑点。

郭忠田翘首远望，逐渐看清了是4辆汽车、3辆十轮大卡车、1辆小吉普，后面黑糊糊的看不清楚了。"首长们算得真准！"郭忠田看到美军在三所里碰壁后，正向龙源里逃来，高兴得直拍大腿。

郭忠田果断地命令全排进入阵地，并规定：敌人上来时，他吹一声长喇叭，轻重机枪立即开火；吹两声长喇叭，一人扔两颗手榴弹；三声长喇叭，大家往上冲。

布置完后，郭忠田飞快地穿过松林，来到了前沿阵地六班长张祥忠的工事里。

"六班长，交给你一个任务！"说着，郭忠田用手指着远方的黑点，"看见了吗？用一梭子弹打掉狗日的！这是咱们抗美援朝第一枪，也是守卫龙源里北山第一枪！只准打好！"

郭忠田对张祥忠是最了解的。张祥忠参军前在东北森林中打猎多年，在跟豺狼猛兽打交道中养成了冷静、沉着的性格，还练就了一手准确的枪法，在百米距离上打树枝上的麻雀，枪响鸟落。

"怎么样？有把握吗？"郭忠田采用激将法，明知故问。

"跑了兔子不玩鹰！放心吧！排长。"张祥忠自信地说。

公路上的黑点越来越大，一长串汽车轰鸣着走进我军的埋伏圈。

张祥忠紧紧地盯住坐在吉普车里的美军军官，用机枪的准星把他牢牢地套住。

"哒哒哒！"机枪吐出了一道火舌。美军军官被张祥忠击中了，头往后一仰，两手一伸，就不动了。

"打得好呀，六班长！"战士们兴奋地呐喊着。

这时，郭忠田吹响了一声长喇叭。

重机枪、轻机枪、步枪一齐向后面的卡车怒吼。

山下的敌人立刻乱了套，慌忙跳下汽车，躲在汽车后面。有的没来得及跳下车就被打中，翻着跟头摔在地上。

郭忠田又吹响了两声长喇叭，战士们立刻把手榴弹扔了出去。

手榴弹像一群麻雀一样飞了出去，落在敌人中间爆炸，炸得敌人哭爹喊娘，狼狈不堪。

看到敌人溃不成军，郭忠田又吹响了三声长喇叭，然后一挥手跳出了工事，大声命令道："五班！赶快从山的右翼插下去，把敌人消灭掉！四班到山下汽车上去抢

一级英雄郭忠田

弹药！"

幸存的美国兵慌忙跳下汽车，向一条大沟里逃命，脚跟还没有站稳，五班的手榴弹就飞过来了。

火光、浓烟、碎石和美军血肉横飞的尸体在大沟里搅成了一锅粥，首批溃逃的美军三下五除二地就给报销了。

战斗干净利索地结束了。

四班搬来不少美军的弹药，有的战士顺手牵羊弄来面包和黄油罐头。

大家正准备饱餐一顿的时候，突然从北方传来"轰隆隆"的声音，那响声就如同夏天里的闷雷一样。

郭忠田一听就知道，坦克上来了。

"同志们，立刻进入阵地，不准暴露目标，听命令开火！"

郭忠田在六班工事里，全神贯注地听着、观察着。

坦克远远的，看那灰尘，听那声音，一定不少。怎么打法？手榴弹行吗？要有几具火箭筒该有多好！炸药包也行呀！但这都是梦想，长途穿插，这些东西都是无法携带的。和敌人硬拼，不行！这是拿鸡蛋往石头上碰，对战士的生命不负责任！

怎么办呢？郭忠田心里越想越急。

坦克的声音越来越响，卷起的烟尘越来越高，山谷轰鸣，树叶也震得沙沙发抖。

50多辆坦克转过山脚，出现在战士们面前。像刚才那 4 辆汽车一样，为首的坦克也向西拐弯了。

"打吧，排长!"战士们有点儿沉不住气了。

"用手榴弹砸吧!"战士朱高品双手紧握手榴弹，嘴里嘟囔着。

郭忠田一言不发，两眼死死盯着美军坦克。

坦克已经来到了眼前，战士们急了："排长，还不打呀! 敌人都跑了!"

"把敌人坦克统统放过去，谁也不准开枪!"郭忠田的命令使全排大吃一惊。

"排长，你疯了! 连长、指导员不让放走一辆坦克、一辆汽车，放走了敌人，怎么向连里交代?"

"少废话，我是排长，听我的!"郭忠田火了。

美军坦克一辆接一辆地从战士们眼前开过了阻击线，大家眼中冒出了火，手榴弹在手中握出了汗，但没有人违反郭忠田的命令。

1 辆、2 辆、3 辆……50 多辆美军坦克终于过完了。

"给我狠狠打!"这时，郭忠田的命令脱口而出，他一边说，一边举枪干掉了一个美国军官。

"哒哒哒……""啪啪啪……"全排的所有轻重武器像狂风暴雨一样吼叫起来，无数颗手榴弹再次扑向坦克后面的敌人车队。

敌人的运兵车着火了，炮车翻了! 公路上烈火熊熊，黑烟滚滚，炮声隆隆。美国兵被炸得血肉横飞，车队被打得支离破碎。幸存下的敌人拥挤着、号叫着、呻吟着，

一级英雄郭忠田

四处躲闪,慌忙寻找掩体。

美军的4辆弹药车开上来了,郭忠田叫张祥忠把穿甲弹和燃烧弹交替压上,瞄准了狠狠打。前面一梭子打在后面两辆上,后一梭子打在前面两辆上,但只见冒烟,不见爆炸,急得郭忠田直冒汗。张祥忠头上的青筋都冒了出来。

"打油箱呀!打油箱呀!"小战士朱高品大声喊道。

这句话提醒了郭忠田。他用手指着油箱部位,对张祥忠说:"打它的油箱!"

话音刚落,两梭子弹呼啸着飞出去,准确地击中汽车的油箱。敌人车队前面两辆车一下子就烧了起来。车上的弹药被引爆,炮弹像放连珠炮似的炸响,灼热的弹片带着死亡的召唤四处乱飞。敌人的几十辆车烧成了一条火龙,整个公路火光冲天,爆炸声响成一片。

美军的后续车队被前面爆炸的车辆挡住了,大量逃窜部队被阻击住了。

已经开过阻击线的美军坦克群被剧烈的爆炸声和熊熊大火所惊醒,发现上了志愿军的当,有3辆坦克又回过头来报复。敌人一名指挥官从其中一辆钻出来,拿着一面小旗来回摇着,后边的敌人纷纷集结起来,足有200多人,看样子要发动进攻。

郭忠田盯着那个坦克上的指挥官说:"干掉他!"张祥忠抬手就是一枪,敌人指挥官立刻趴在坦克上不动弹了。

第二辆坦克又钻出来个军官，他跳下坦克，躲在两辆坦克之间，举着枪乱叫。

不一会儿，天空飞来30多架飞机，轮番往葛岘岭山顶扫射，扔汽油弹、炸弹，把整个山头变成了火焰山。

看着敌人的飞机在假阵地上浪费弹药，战士们在工事中哈哈大笑。刚才对排长催着挖工事有意见的战士，这时从心里佩服郭忠田的智慧和远见。

飞机离去，美军步兵朝二排阵地包抄过来。郭忠田命令战士们近战开火，听喇叭扔手榴弹。

当敌人进至手榴弹投掷有效距离时，郭忠田立即吹响了喇叭，全排的手榴弹向美军飞去，把美军炸得抱头鼠窜。

时间不长，美军又冲了上来，我军轻重机枪、步枪一齐射击，美军又狼狈逃窜，80多具美军尸体布满了山冈。

半个小时以后，美军占领了对面的高山，用火力向二排猛烈还击。

敌人的50多辆坦克回过头来，以机关枪和坦克炮向二排进攻，天上的美军飞机也轮番轰炸扫射，葛岘岭笼罩在硝烟炮火之中。

二排战士们躲在工事里，耐心地听着敌人浪费弹药。有的战士说："这美国人炮打得跟下饺子似的！"引得大家笑成一团。

美军坦克在一阵进攻之后，加大油门猛地向被打坏的汽车压去，后面坦克又将压碎的汽车推进沟里，被堵塞的道路很快就被疏通了。后面汽车、炮车上的敌人潮水一般地向二排的阻击线涌来。

眼看美军汽车、炮车就要通过二排的封锁线，郭忠田指挥张祥忠又把一辆美军炮弹车的油箱打着了。烈火引爆了车上装载的榴弹、炮弹，在山沟里连续爆炸，吓得美军车队不敢前进，老老实实地顺着原路退出老远。

郭忠田和战士们的脸上露出了笑容。

# 完胜阻击战

14时，30多架敌机又朝着葛岘岭轰炸了半个多小时，山头再一次成为火海。

二排的阵地上静悄悄的，除了两个观察哨，战士们都在工事里休息。

飞机一走，美军的坦克、榴弹炮又是一阵铺天盖地的狂轰滥炸。接着，200多敌人在二排阵地前集合起来，嗷嗷叫着，分3路朝山上冲来！

二排阵地危在旦夕，团领导在望远镜中看出了战场的危机。

"二排的同志，这个山头关系全局，希望你们坚决守住，打出抗美援朝英雄排！"郭忠田在电话中听到了团领导的指示。

"请团首长放心，人在阵地在！"郭忠田坚定地回答。

郭忠田命令战士等敌人靠近点再打。100米、80米、70米……美国兵闪闪发亮的钢盔、高鼻子、大胡子都看清楚了，距离仅有30多米了，郭忠田一声令下，所有火器一齐开火。

特等射手阎镇11枪打死9个敌人。战士朱高品勇敢地冲出阵地前沿30多米，占领了最佳地形，敌人离他不到20米，他才把手榴弹甩出去，美国兵倒下了好几个。

不到两个小时，美军的轮番冲锋被打垮了，200 多名美军死伤过半，夹着尾巴跑了。

这时，美军改变战术，南北夹攻。南面的敌人从外往里打，北面的敌人从里往外冲，妄图打通逃路。

三连阵地吃紧了，成群的美军实施波浪式攻击，一浪紧接一浪，一浪高过一浪。

连长命令二排调 1 个班支援三连一排阵地，郭忠田二话没说，立即命令五班前去支援。

郭忠田让五班长带机枪往左前方运动，等敌人冲到距阵地二三十米时，用火力阻击敌人。

这一招果然厉害，美军被侧面攻击打蒙了，三连一排的阵地很快转危为安。然而，郭忠田所率领的二排又遇到了美军更加疯狂的攻击。

15 时以后，志愿军大部队向美军铺天盖地地压来，身处绝境的敌人做最后的垂死挣扎。

美军 100 余架飞机进行了第三次轰炸，炮火更加集中，坦克、榴弹炮、重迫击炮不间断地猛轰，炸弹、汽油弹、炮弹足足炸了 1 个小时。

山头的假目标炸完后，郭忠田以为美军飞机会撤兵，没想到美军飞机杀了个回马枪，对二排阵地进行了地毯式轰炸，幸亏郭忠田有防备，全排都钻进了洞子。

大轰炸之后，密集的矮松林全部齐腰折断，阵地被汽油弹烧焦，一片沉静。

"敌人攻上来了，准备反击！"观察哨高喊着。战士们从工事里爬出来，抖掉满身的土，进入了变成一片焦土的阵地。

100多个美国兵又扑了上来。敌人背水一战，第一批倒下去，第二批又冲上来，表现得特别疯狂。黑压压的美军官兵一步步逼向二排主阵地。

"同志们！为朝鲜人民报仇的时候来到了！立功的时候来到了！坚持就是胜利呀！"在危急时刻，郭忠田进行了战场鼓动。

战士们热血沸腾，奋勇还击。张祥忠的步枪打红了，用水浇浇再打。袁绍文一边投手榴弹，一边喊："我让你上，我让你上……"喊一句就扔一颗。

敌人一片片地倒在了阵地前。

17时，美军的攻势明显减弱，敌人的车队始终没有跨过二排的阻击线。天黑以后，志愿军大部队赶到，对美军逃兵进行了合围。

郭忠田带领战友跳出工事，冲下山去……

打扫战场后，在二排的阵地前面躺着215具美军尸体。连长过来了，郭忠田把全排集合起来，一个立正，敬礼，"报告连长，全排一个也没少，除了五班长的耳朵有些震聋外，没有一个伤亡。"他又清查了一下今天的弹药消耗，共打了1305发子弹和14枚手榴弹。而他们的战果除了消灭215名美军外，缴获和击毁美军各种火炮6门、汽车58辆。

接着，郭忠田向连长检查了两条缺点："把敌人坦克

一级英雄郭忠田

放走了，没有打坏；没有抓住一个俘虏兵。"

连长笑着说："放走坦克是正确的决策，是为了更好地消灭敌人。你们打的是守备战，没有俘虏不算缺点。"听了连长的评价，全排一片欢呼！

战后，三十八军和志愿军总部授予二排"郭忠田英雄排"的光荣称号；志愿军总部给郭忠田记特等功，并授予"一级英雄"称号。

# 四、 一级英雄邱少云

- 邱少云和战友们坚定地回答："坚决完成任务！"

- 志愿军战士潜伏在荒草丛中，听到敌人咳嗽、骂娘，不由都咬紧嘴唇偷偷地乐。

- 邱少云没有动，任由火苗烧着伪装草，烧着衣服，直至蔓延到全身。

# 潜伏敌阵前

1952 年 10 月 23 日 18 时，五圣山上甘岭上炮声隆隆，我志愿军数百门大炮向美敌军占领的 391 高地猛烈炮击。

上甘岭地处险要，每一寸土地都关系战斗的结果。志愿军决定打响上甘岭战役，给敌人以沉重打击。而要取得战役胜利，必须炸掉敌军增援必经的康平桥。要炸掉康平桥，又必须先拿下 391 高地。

敌人也看出这一点，所以在 391 高地半山腰，敌军部署了一个加强营，不仅火力强大，还构筑了坚固的地下碉堡。

面对敌人猛烈的火力，指挥部认为强攻是不可能的。于是决定派一支部队秘密潜入敌军后方的半山腰，潜伏下来，一旦进攻时间到了，这支部队就会成为决定战斗胜利的奇兵，出其不意地迅速抢占 391 高地。

出发前，部队首长对潜伏部队提出严格要求：此次任务十分重要，事关上甘岭战役的成败。你们的首要任务是完成潜伏任务，然后消灭 391 高地上的敌人。进入阵地后，所有人都必须把脸埋在地上，双手趴在地上，一动也不能动地待命。即使敌人发现了我们中的哪个，谁也不能有任何动静，更不能反击。

部队首长最后说："提高纪律性，坚决执行命令，是我军的光荣传统。这次任务十分重要，也非常艰巨，在任何情况下都不能暴露目标。"

邱少云和战友们坚定地回答："坚决完成任务！"

带着坚定的信心，在友军炮火的掩护下，邱少云和战友们在敌人眼皮底下潜伏下来，一动不动，等待进攻开始的那一刻。

一级英雄邱少云

# 烈火中永生

10 月 12 日下午，天刚下完一场雪，万物萧瑟，大地一片寂静。

也许是太寂静了，敌人反而觉得不安，怀疑我军搞什么名堂，可是又不敢出来巡逻，就不时地对高地周围进行火力侦察。

敌人从碉堡里打出 10 多发毒气弹。随着几声闷响，黄绿色的烟雾腾空而起，随即随风飘荡，带着死亡的气息扑向一切。

我军指挥员早就料到敌人会有这手，所以给潜伏部队每个人都配发了口罩。战士们戴着口罩，趴在草丛中一动不动。

这时，风向突变，把毒烟向敌人的阵地吹去。敌人一阵大乱，咳嗽着、叫骂着，再也不敢打毒气弹了。敌人的试探性投弹没有伤着志愿军，反倒把自己给伤了。

志愿军战士潜伏在荒草丛中，听到敌人咳嗽、骂娘，不由都咬紧嘴唇偷偷地乐。

14 时左右，敌人又向高地周围打出数百发炮弹，其中不少落在了志愿军潜伏区。一些人受伤了，也有人阵亡了，但志愿军战士们依然纹丝不动。

16 时，敌人又打出来数十发燃烧弹，其中有 4 发落在志愿军潜伏区，燃烧弹点着了半山腰的荒草，顿时烈火熊熊燃烧起来。

一颗燃烧弹落在离邱少云两米远的草地上，飞进的燃烧液溅到邱少云的左腿上，眨眼工夫，插在他脚上的蒿草烧着了，火苗顺着邱少云身上的蒿草直往上蹿。

此刻，邱少云只要翻动一下身子，就可以把火苗扑灭。但邱少云是尖刀班的战士，负责战斗打响后剪断敌人的铁丝网，所以埋伏在比较靠前的第3排，离敌军铁丝网只有5米左右。邱少云只要稍微动一下，就有可能被敌人发现，整个排也就会被发现，整个行动也就会失败。

邱少云没有动，任由火苗烧着伪装草，烧着衣服，直至蔓延到全身。

烈火焚身的剧痛是常人难以忍受的！但是英勇的邱少云自始至终没有动一下，任由火苗在全身燃烧。

埋伏在邱少云附近的战友看到了，邱少云的手指深深地抓进土里，想到邱少云在承受着巨大的痛苦，忍不住流下了眼泪。战友们想去救邱少云，可是军令如山，每一个人都不能动。

所有人的心都在颤抖。在战斗中当然是免不了牺牲的。如果敌人一枪射过来，中弹身亡了，那样即使牺牲了也是瞬间的事，几乎没啥痛苦的感觉。可邱少云是被大火慢慢地烧着血肉肌肤，是一点点地折磨并吞噬着他的生命啊！那是需要多么坚强的毅力啊！

一级英雄邱少云

烈火在邱少云身上燃烧了整整半个多小时，战友们眼睁睁地看着邱少云由一个活生生的人慢慢变成一具焦体，心里难受得像刀在剜。

从燃烧弹点燃身上的枯草，直到壮烈牺牲，坚强的邱少云如巨石一般，在烈火中纹丝未动，也没有发出一声呻吟。

敌人见阵地前沿没有反应，就停止火力侦察，安心休息去了。

战士们眼含热泪地看着邱少云身上的火焰一点点变弱，直至熄灭，然后把仇恨的目光投向了敌人的碉堡。

"为邱少云报仇，为牺牲的战友报仇！"每个人都从心底里发出呼喊。

战斗的时刻终于到来了。

17时40分，志愿军向敌人阵地发起了猛烈的炮击。

17时45分，炮击结束，随着喇叭声声，进攻的号角吹响了，响彻整个阵地。战士们怀着满腔复仇的怒火，以排山倒海之势向敌人扑去……

标志着胜利的两颗红色信号弹腾空而起，敌人的一个加强营全部被歼，391高地上高高地飘扬起我军胜利的红旗。

凯歌声中，指战员们心潮澎湃地久久注视着英雄牺牲的地方。

战后，中国人民赴朝慰问团文艺工作团赠给"特等功臣"邱少云烈士的锦旗上写道：

中国人民志愿军伟大战士邱少云永垂不朽

志愿军第十五军全体指战员献给邱少云烈士家属的锦旗上写道：

祖国人民的光荣

四川省人民政府和四川省抗美援朝分会给邱少云烈士家属的锦旗上写道：

光荣之家

四川省军区司令部、政治部给邱少云烈士家属的锦旗上写道：

伟大人民的战士，英雄不朽的功绩

为了表彰邱少云崇高的集体主义精神和顽强的革命意志，中国人民志愿军十五军党委会追认他为中共正式党员。中国人民志愿军领导机关于 1952 年 11 月 6 日给他追记特等功。1953 年 6 月 1 日追授他"中国人民志愿军一级英雄"称号。

同年 6 月 25 日，朝鲜民主主义共和国最高人民会议

一级英雄邱少云

常任委员会授予他"朝鲜民主主义共和国英雄"称号，同时授予他金星勋章、一级国旗勋章，并将邱少云的名字刻在金化西面的 391 高地石壁上：

为整体、为胜利而牺牲的伟大的战士邱少云同志永垂不朽。

# 五、 一级英雄杨连弟

● 天空中浓云密布，闪电冲出乌云的重重包围，裹着沉闷的雷声，如同排空的怒涛，由远而近、由弱而强地翻滚而至。

● 人随着单根钢轨在江面上颤动着，激流在身下滚滚而过。江岸上的高射炮兵们看到他们都心惊胆战。

● 战友们看到了他手里的钳子，奇怪地问："怎么？你钳子还没扔？"杨连弟甩了一下钳子上的水，似乎什么都没有发生过，平静地说："扔了怎么工作呢？"

# 抢修大桥

1950 年初冬，一个没有星星、没有月亮的漆黑夜晚，飘飘扬扬的雪花洒落在鸭绿江两岸，银装素裹的江面上泛起一片清冷的白光。

就在这时，中国人民志愿军铁道兵第一师第一团第一连副连长杨连弟和他的战友们正在抢修一座鸭绿江铁路便桥。

杨连弟是天津市北仓镇人，从小他家境贫穷，14 岁时做鞋匠学徒，以后又当过电工、架子工，给资本家卖了 10 多年苦力，也练就了一身登高技能。

1949 年初，天津解放后，杨连弟告别家人，与干过架子工的同伴一起，报名参加人民解放军第四野战军的铁道兵纵队。

1949 年春，杨连弟在修复石家庄到北戴河铁路沿线桥梁的过程中初显身手，为连队解决了不少施工难题，被战士们亲切地称为"师傅"。同年 6 月，部队在修复陇海线 8 号特大桥时，杨连弟自告奋勇，用简陋的工具攀上了 40 余米高的桥墩，为修复大桥作出突出贡献，成为闻名铁道兵的"登高英雄"。

1950 年 11 月，杨连弟随铁道兵入朝参战，刚到鸭绿江边，就赶上修复铁路便桥的任务。

杨连弟和战友们完成任务后，第二天晚上就乘坐火车跨过鸭绿江，进入朝鲜。

　　一进朝鲜，列车骤然减慢了速度，仿佛在爬行一般，还不时地停下来。原来，列车正在经常修补的铁轨上行驶，稍一加快，就有脱轨的危险。

　　就这样走走停停，一直到第二天天快亮时，列车开到一个小站，就再也不走了，连机车的锅炉也熄火了。原来，前面的沸流江大桥被敌机炸毁了。

　　杨连弟和战友们从车厢里向外望去，只见站上到处都是大大小小的弹坑，站台早已残缺不全，四处是已被烧得变形的破车皮和被炸得七扭八弯的铁轨。

　　杨连弟和战友们下了车，深一脚浅一脚地继续前进，打算穿过市区到指挥所去。

　　一进入市区，一股股焦臭味扑鼻而来。市区里，到处是被炸毁的残垣断壁，一堆堆瓦砾还冒着丝丝青烟，随处可见铁丝、胶皮、折断的电线杆、破瓷瓶、鲜血、残肢……

　　公路上，一群朝鲜妇女正忙着填炸弹坑。从白发苍苍的老太太、背着婴孩的妇女、十八九岁的少女到不满10岁的小姑娘，一个个都手拿铁镐，头顶木盆，来来往往地一刻不停。

　　战争使她们失去家园，失去亲人，甚至失去生存的土地，给她们带来深重的灾难。为了早日结束这场罪恶的战争，父亲、兄弟、儿子都上前线杀敌去了，她们就

一级英雄杨连弟

承担起后勤的任务，努力修路支援前线。

杨连弟和战友们经过她们身边时，引起她们一阵欢呼。一位老大娘拉着杨连弟的手，吃力地说着他听不懂的朝鲜话，杨连弟心里一热，也说着对方听不懂的中国话："朝鲜老大娘，我们一定要狠狠打击美国鬼子！"

杨连弟和战友们找到指挥所，干部安排他们先住下来，等待命令。刚住下来，战斗就打响了。战线在胜利地向南推移。

前方急需大批粮食、弹药，可是沸流江大桥被敌机炸断了。军需跟不上，这可是要贻误战机的。

这时，上级限令铁道兵四连 7 天之内修复大桥。四连原是线路连，不熟悉桥梁工作。于是，指挥所将杨连弟调到四连协助工作。

当天夜里，杨连弟带着一个起重组来到了湍急的沸流江边，顾不上喘一口气，就投入了抢修大桥的战斗。

为了防止敌机轰炸，作业现场不能点灯，所以现场不见一丝灯光。战士们借着微弱的星光喊着号子进行抢修。杨连弟和战友们用起重机一点一点地吊起钢梁，在黑暗中艰难地摸索着抢修大桥。

两个黑夜过去了，可工程完成得还不到十分之一。大家都万分焦急，杨连弟更是心急如焚。前线的将士们在忍饥挨饿，可是这里的物资却堆积如山。附近山洞里隐蔽着的列车，江北岸堆积着的弹药、炒面，以及各种军需品都急等着从大桥上运过去。

起梁是个细致的工作，摸黑做总有些不放心。可是白天敌机又空袭不断，如何是好？

早晨，部队回驻地休息了，杨连弟却趁着天亮仔细观察了现场附近。

敌机一批接着一批飞来又飞去，怪叫着擦着山头低空掠过。杨连弟趴在桥头掩蔽部里观察着，算计着。

看着看着，杨连弟发现了敌机的空袭规律，虽然敌机来往非常频繁，但每次中间都有一段空隙时间。如果抓紧白天这一段空隙，岂不比夜晚抢修效率更高？

杨连弟把这个想法报告给了上级，上级同意让他试一试。于是，杨连弟和战友们白天见缝插针，晚上加班加点，抓紧一切时机抢修大桥。

在杨连弟的指挥下，工程进展速度一下快了许多。沸流江大桥提前 3 天修复。江岸上堆积的粮食、弹药和各种物品，迅速地装上列车，源源不断地送上了前线。

4 天修复一座铁路桥，让当地的老百姓备感神奇。于是在沸流江两岸，一个神话似的故事在朝鲜老百姓中如奔流的江水一样传开了。故事说："志愿军里藏有天兵天将，能飞檐走壁。沸流江上的大桥，跳则能下，蹦则能上。敌人的机枪打不着，飞机也炸不着！"

一级英雄杨连弟

# 架设浮桥

1951 年 7 月，杨连弟和他所在的连队转战到了著名的清川江大桥。清川江大桥是满浦、平壤铁路线上的重要桥梁，战争所需的物资供给不分昼夜、川流不息地通过这里运往前线。

这时，我军第五次战役胜利结束，美国侵略者被赶到了三八线附近。战火纷飞的前线每天都在进行激烈的战斗，我军消耗非常大。这样，物资运输就显得十分紧张、繁忙，保证铁路、公路、桥梁的畅通无阻，就成了一项重要而又艰巨的任务。

而此时，敌人利用空中优势，对清川江大桥发动大规模多批次的轰炸，3 号桥墩被炸塌，钢梁沉落到了江心。运输被迫中断了。

桥被炸断了，但前线的战火不断，依然硝烟弥漫，蔽日遮天。

抢修清川江大桥迫在眉睫。

杨连弟所在的一连接到抢修任务，要在 8 天内完成大桥修复工作。杨连弟首先要率领战友们在大桥旁边搭起一座人行浮桥，以便运送材料，进行施工抢修。

当天夜里，杨连弟带着几名战友在江边寻找到一条水浅底平的路线，然后又经过两夜一天，在清川江大桥边搭成浮桥。这样，整个抢修部队马上开始运石头，填桥墩基础。

第四天下午，战士们在桥墩基础上搭起一座用7000根枕木组成的枕木垛，以代替桥墩矗立在江面上。工程眼看就要接近尾声，最重要的架梁工作正要进行，暴风雨突然席卷而来。

刹那间，天空中浓云密布，闪电冲出乌云的重重包围，裹着沉闷的雷声，如同排空的怒涛，由远而近、由弱而强地翻滚而至。不一会儿，暴雨像一片巨大的瀑布，漫天漫地倾泻而下。

江水上涨，江面沸腾，浮桥和枕木垛被江水卷起的巨浪冲得摇来晃去。

连部被迫发出了暂时停工的命令。

暴风雨整整咆哮了一夜。第二天天刚亮，杨连弟便冒着细雨独自蹚着泥水来到了江边，他透过雾气向江心望去，只见浮桥已不复存在了，高大的枕木垛也仰歪着，正被洪水冲得"吱吱呀呀"响。

杨连弟正要指挥部队准备再架桥，连长疾步走来，告诉杨连弟，施工计划改变了，团部调他到对岸帮助二连搭浮桥，力争按预定时间完成任务。

浮桥已经没有了，要到对岸，只能先游到江心，再顺着桥墩爬上桥面。杨连弟系好安全绳，从浅水处下水，劈波斩浪地向桥墩游去。

对岸二连的同志看见杨连弟登上了13米高的桥墩，

一级英雄杨连弟

065

都大声欢呼起来："登高英雄又登高了！"杨连弟笑着向一连连长摇了摇手，就从桥面上跑向对岸。

来到对岸，杨连弟立即和二连战友研究搭浮桥的方案。经过研究，大家认为，在如此湍急的水流里搭建浮桥是不可能的，唯一可行的方案就是搭吊桥。

方案一定，大家就立刻行动起来。

不到半夜，吊桥搭好了！

杨连弟顺着新搭好的吊桥回到了一连。天又下起雨来，雨越下越大，狂风暴雨再次席卷而来。

连日暴雨终于引发山洪。江水似乎沸腾了，浑浊的江水泛着浪花，奔腾着，咆哮着，猛烈地撞击刚搭好的吊桥和枕木垛。"哗啦"一声，凶猛的洪水又把新搭的吊桥和枕木垛连根端走了！连沉在江中重 30 吨的钢梁，也被洪水冲出了一公里多地。

这是朝鲜北部几十年来未曾有过的大洪水。一天之内，江水竟然暴涨 6 米。清川江上所有临时性的桥梁全被冲走了。运输再次中断。

大桥附近的山洞里，排列着装满物资的火车，堆积着粮食、弹药和各种物品，公路上拥挤着运送物资的汽车、马车和众多朝鲜老乡。大家都在等待着通过这清川江大桥。

战情紧急，刻不容缓，前线的将帅正等着弹药粮草呢！杨连弟不顾危险，在湍急的洪水中再搭浮桥，浮桥刚刚架成又被冲垮了。洪水一天猛似一天，抢修也越来越困难了。

志愿军领导机关已接连两次拍来急电，铁道兵指挥部的首长们亲临现场，彻夜不眠地盯在现场指挥施工。

向来稳健沉着的杨连弟，连日来吃不香，睡不安，整天不离开江岸，苦苦思索着如何才能搭好浮桥。

杨连弟在思索，大家也在想方设法。

有人提出用汽油桶搭浮桥，办法可行，立刻施工。不料，浮桥一下水就被冲散了。仔细检查原因，是由于汽油桶间隔太小，水不能畅流。于是，大家又重新设计方案。

一夜工夫，新的汽油桶浮桥又组成了。第二天，战士们冒雨在江边放浮桥。师长、团长也赶来了，站立在江岸上。大家都在期待着。

一排排汽油桶被连成一个个浮动的"岛屿"，在战士的操作下向预定地点飘去。然后，战士们熟练地将"岛屿"连接在一起，迅速加固，铺上木板。一条浮桥奇迹般地出现在江面上！好，成功了！

"清川江浮桥通车了！"喜讯从电话里迅速传到了各地。

清川江上又热闹起来，成串的汽车载着物资在战士们的欢呼声中通过浮桥，汽车司机们按响喇叭向英勇的铁道兵们致敬。

一级英雄杨连弟

# 勇斗洪水

"汽油桶浮桥"架好后，清川江大桥 3 号桥墩的修复进度迅速加快。架桥机已升到了桥头，用不了多久，大桥就能通车啦。

就在这时，困难却来了，清川江桥墩越修越高，低矮的浮桥眼看就不能用了。大雨仍在下着，洪水还在上涨，如果不抓紧时间，那就会前功尽弃。抢修工作不能就此搁浅。

这时，杨连弟提出搭钢轨浮桥的办法。

战士们立刻脱掉上衣，在风雨中紧张地搬运着钢轨。作业现场上一片嘹亮的号子声，盖住了洪水的怒啸。

杨连弟腰里缠着铁丝，手里拿着钳子，在队伍最前头绑架钢轨。一节绑完了，他就顺着平伸出去的钢轨爬到尽头，悬空骑在上面，然后再竖起第二节交叉的钢轨架。

人随着单根钢轨在江面上颤动着，激流在身下滚滚而过。江岸上的高射炮兵们看到他们都心惊胆战。

随着时间的流逝，钢轨一根接着一根伸向江心。浮桥快要接近 3 号桥墩了。

这时，一根钢轨在起吊时撞到杨连弟骑着的钢轨上，杨连弟被震得两手扑空，身体向前一冲，旋即掉进急流的江水中。江水卷着浪花，顿时把他吞没了。

杨连弟身不由己地随着水势翻滚，但他并不慌张。这样的事情已经不是第一次了。杨连弟紧闭嘴唇，屏住呼吸，控制住身体，双手用力划着，顺着水势漂到一个浅滩上，甩了甩脸上的水，上了岸。这里离开大桥已有100多米了。

战友们盯着时隐时现的杨连弟，顺着江边追上了他。惊魂未定的战友们看到了他手里的钳子，奇怪地问："怎么？你钳子还没扔？"杨连弟甩了一下钳子上的水，似乎什么都没有发生过，平静地说："扔了怎么工作呢？"

一天一夜过去了，浮桥终于搭成了，3号桥墩也终于修好了。它巍然屹立在清川江上，洪水汹涌地扑过去，又从它脚下驯服地流了过去。

清川江大桥通车了，火车、汽车响着喇叭通过，向修桥英雄们致敬。

火车司机从驾驶室里探出头来，大声喊："铁道兵，好样的！"

杨连弟和战友们脸上露出灿烂的笑容。

一级英雄杨连弟

# 献出生命

1951 年 8 月，杨连弟出席中国人民志愿军铁道兵首届庆功大会。9 月，他又作为国庆节志愿军归国观礼代表来到北京，出席全国铁路劳动模范代表会议，幸福地受到了毛泽东的接见。

1952 年 3 月，杨连弟又回到朝鲜，领着战士们胜利地完成了修复百岑川江大桥的任务。接着，杨连弟和他的连队又再次转战到清川江。

5 月 15 日清晨，一片片高射炮炮弹爆炸的余烟还残留在大桥上空，杨连弟就带着战士们来检查桥梁。杨连弟发现，新修的第三孔钢梁由于夜里过车太多，移动了 5 厘米。于是，他指挥着战士们把钢梁移正。

就在杨连弟指挥战士们起梁的时候，敌机空投的一颗延时炸弹爆炸了，一块弹片飞来，击中了杨连弟的头部。杨连弟倒下了，倒在了他日夜奋战的大桥上。为了朝鲜人民的解放事业和祖国人民的安宁，年仅 33 岁的杨连弟献出了年轻的生命。

为表彰杨连弟的功绩，中国人民志愿军领导机关为他追记特等功，追授"中国人民志愿军一级英雄"称号。杨连弟生前所在连被命名为"杨连弟连"。

# 六、 一级英雄胡修道

● 新兵胡修道立刻把脸贴到地上，两只眼也不看敌人在哪，只顾一根爆破筒、一个手雷，又是一个手榴弹，一个劲地往下扔，摸到什么打什么。

● 胡修道往下一看，敌人约有两个排，穿着绿衣服，戴着钢盔，背着枪，腰里挂着手榴弹，手脚并用像波浪一样地往上爬。

● "哎呀，小胡，我这个老战士都比不上你呀！"团长直盯着他说，"你知道你昨天打死多少敌兵吗？280多个！"

# 练成老兵

1952 年 11 月 5 日，东方刚刚露出鱼肚白，一阵接一阵的炮声就轰隆隆地在上甘岭炸响，上甘岭再一次被笼罩在猛烈的炮火中。

自从 10 月底志愿军在上甘岭大反击后，十二军接替十五军进入了上甘岭阵地。三十一师九十一团、九十二团、九十三团先后上阵，随后，三十四师和三十五师的三个主力团也进入了阵地。

九十一团五连新战士胡修道和他的战友们负责守卫敌兵攻击最猛的 597.9 高地主峰。

597.9 高地主峰上有 3 号、9 号和 10 号 3 个阵地，胡修道和班长李锋及新战士滕土生防守 3 号阵地。

已经不知道这是敌人多少次炮击了，3 号阵地的工事已被炮火摧毁，山头已被打得光溜溜的，全是灰土，只有一块上半截被打得粉碎的大青石，还剩下 2 米多长、半人多高的残桩。胡修道他们就藏在这残桩下面躲避炮弹。

此时，胡修道正有滋有味地嚼着一根野草。这是他从藏身的大石头底下发现的。

胡修道才 19 岁，是 1951 年 6 月参军的。匆匆来到这陌生的前线，整日除了听到噼里啪啦的枪声外，就是隆隆的炮声，到处是刺鼻的硫黄味，连身下湿湿的泥土都充满了火药味。此时能嚼上一口带着泥土味的青草，胡修道备感新鲜。

胡修道一动不动地蹲在岩石下面，嚼着野草根，两眼静静地望着天空。

"轰！轰！轰！"阵地上忽然又响起敌人的排炮，胡修道不由打了个激灵，身子赶紧往大石头后一缩，只觉得整个山头都在乱摇乱晃，遍地像火烧一样冒起黑烟，空气中的火药味呛得人嗓子疼。

不一会儿，炮声停了，胡修道吐出草叶，揉揉眼睛，探出头去一望，山底下全是李承晚伪军，正黑压压地往上移动。

面对黑压压的敌人，新兵胡修道有点慌了，赶紧向班长李锋喊道："班长，敌人上来了！"

"沉住气，听我的口令！"富有经验的班长不慌不忙地说。听到班长的话，胡修道不那么紧张了，只是死死抓住爆破筒，心里想着，这爆破筒打下去，能不能响？

敌人越爬越近，连他们脸上的胡子都看得清清楚楚了。

这时李锋喊道："打！"

一听到命令，新兵胡修道立刻把脸贴到地上，两只眼也不看敌人在哪，只顾一根爆破筒、一个手雷，又是一个手榴弹，一个劲地往下扔，摸到什么打什么。

正打得起劲时，胡修道忽然感觉手腕被人抓住，他

一级英雄胡修道

吓了一跳：这就当俘虏啦?! 抬头一看，是班长李锋。

"干啥?"胡修道用手擦擦脸问道。

"你说干啥? 敌人早打下去了，喊你也不停! 你瞧瞧，敌人都在我们前面摆起来了。"李锋忍不住笑了。

胡修道往下一看，可不是，山坡上摆着一大堆尸体，全是李伪军。他忍不住笑了，露出白生生的虎牙。

"别趴了，趴着头打不好，太浪费弹药了。"李锋教他。

"是!"胡修道不好意思地点了一下头。

第一次打仗就消灭了这么多敌人，胡修道感到，打仗原来没他想的那么难。望着阵地前被自己打死的敌人，胡修道有点儿兴奋了，他已经从一个新兵蛋子成长为一名老兵了。

# 迎头痛击

在稀里糊涂地打退敌人的一次进攻之后，胡修道完成了新兵向老兵的转变。趁着敌人炮火的间隙，胡修道搜集弹药，摆在一伸手就能够着的地方，然后和班长一起躲在石头后面，轻松地等着敌人再次进攻。

没过多久，敌人的大炮又响起来，阵地上立刻火光闪闪，硝烟弥漫。

敌人的大炮响了足足半个小时才平息，紧接着高射机枪又"哒哒哒"地响起，子弹一个劲地"嗖嗖"往上飞。

胡修道往下一看，敌人约有两个排，穿着绿衣服，戴着钢盔，背着枪，腰里挂着手榴弹，手脚并用像波浪一样地往上爬。

这回胡修道有经验了，直到敌人离得不远，才由战友滕土生供应弹药，他和班长李锋一起"包起了饺子"。

胡修道和班长先集中火力向分散的敌群两边打，迫使敌人往中间挤，再往前面猛打一阵，让前面的敌人爬不起来，后面的往前拥，等敌人挤到一起时，突然向敌群投掷手榴弹。

这种被称为"包饺子"的方法非常有效，直打得敌人丢盔弃甲，四散逃命。

一级英雄胡修道

敌人的第二番冲击被打退了。

胡修道赶紧缩回到大石头底下，大口大口地喘气。一场战斗下来，胡修道浑身上下都被汗水湿透了。

敌人又开始打炮了。一发燃烧弹"呼"地打过来，胡修道赶紧卧倒，躲了过去。胡修道刚站起身，突然感到头顶上灼痛灼痛的，用手一摸，原来不知什么时候帽子烧着了，燎得头发"吱啦啦"直响，他赶紧脱下帽子扔掉，没想到后背上也着了火，李锋捧起把沙土，往他背上一撒，火扑灭了。班长一看，他的衣服烧了个大洞，皮都烧烂了，赶紧轻轻地按着伤口问道："痛吗？"

"不痛！别管了！"倔强的胡修道说。

这时，连长在附近的指挥所洞口冲这面喊道："李班长！9号阵地人不够，你去守住！"

"好，我走了。你们要好好守住阵地，千万别慌张。"李锋看了一眼胡修道，弯着腰跑向9号阵地。

# 孤胆歼敌

班长前脚刚走，敌人后脚就开始进攻。

在炮火的掩护下，敌人一波一波轮番往上攻。胡修道和滕土生两个人，一个供弹药，一个往下打，配合得十分默契，敌人又一次被击退了。

这时，胡修道抬眼向连长那边望去，只见他一手指着 10 号阵地，一手直冲他挥舞着。

可能 10 号阵地又吃紧了，胡修道二话没说，拉起滕土生从一个弹坑滚到另一个弹坑，敏捷地向 10 号阵地扑去。

到 10 号阵地一看，阵地上只剩下一个还挂了花的战士。那个战士正躺在一个打塌了的猫耳洞里呻吟。

阵地前沿，一群大鼻子美军正"哇哇"叫着扑上来。

胡修道赶紧吩咐滕土生："你快替他包扎伤口！"说完就操起一把自动枪，跪起来往下打出一个扇面，一群敌人立刻滚了下去。胡修道和战友又打退了敌人的一次进攻。

正在这时，指挥所那边又敏捷地跑过来几个战士，其中一个战士对着他们说："连长命令你们快回 3 号阵地去，这边归我防守。"

胡修道赶紧端起一根爆破筒，跳出洞子，飞也似的

一级英雄胡修道

一口气奔到那块大石头底下。幸好那边有两个战士守着，刚打退了敌人，其中一个战士右膀子挂了彩，胡修道三下五除二就替他包扎好了，然后端起自动枪，向山下望去。

敌人似乎正在准备再一次发动攻势，20多辆坦克轰隆隆地开到了下边的山沟里，黑压压的一大片。

"看来敌人已盯上这块石头了。"胡修道想。

"当当当……"好像就为了证明胡修道的推测，敌人20多辆坦克一起开炮，直对着这块大石头打。剧烈的爆炸震动几乎要把胡修道掀起来，胡修道狠命地把身子死死地靠住大石头，飞散的碎石屑刮到耳朵上、脸上，火辣辣地疼。

这时，我军的大炮开火了。天空中响起一阵尖厉的口哨一样的声音，紧接着炮弹落在敌人坦克群里爆炸了。敌人20多辆坦克立刻像乌龟一样乱爬。

胡修道一看，乐得直蹦！

这时观察哨又喊起来了："注意！正面发现飞机！"胡修道手搭凉棚，仰起脸一望。一架灰不溜秋的敌机正斜着翅膀冲下来，对着阵地一阵射击，子弹像泼水似的往下扫，打得大石头火星乱迸。敌机"呜"地从他头顶上掠过去，带起好大一阵风，山头上的灰土扬起来，"哗啦啦"扬了胡修道一身，胡修道被裹在尘土里，连眼睛都睁不开了。

敌机刚飞走，敌兵就开始三个一堆，五个一群，漫山遍野地撒开，像一张大网似的朝着三个阵地压上来。

胡修道这下可真有点急了，只顾一个劲地往下扔手榴弹。转眼间，机枪里吐出的弹壳就落满一地，可还是挡不住敌兵，大鼻子美国兵还是像潮水似的往上漫，眼看就要漫到山顶了。

情况万分危急，胡修道一把抓起自动枪，装上子弹盘，"霍"地跳出来跪在地上，对着敌兵不要命地扫射，自动枪像个大扫帚左右来回地"扫"，"扫"得美国兵一个跟一个往下滚。

但是，一只自动枪毕竟挡不住成百上千的敌人，敌人很快就冲到离胡修道不到20米的地方。

我军大炮又开火了，炮弹呼啸着从天而降，敌人被炸得成片地倒下，一个敌人被炸上了天，打着旋儿摔回到山下。

我军的大炮打得很准，炮弹专炸美军，而胡修道连根汗毛也没伤着。

胡修道不要命的劲头一下子镇住了敌兵，也感染了其他战士，"哒哒哒……"3号、9号、10号阵地同时响起了自动枪，枪声连成一片。

战斗进入白热化，猛烈的炮声让胡修道有点晕头转向了，他抓起根爆破筒就要往山下冲，就在这时，胡修道忽然觉着自己好像飘在空中，好半天才回过神来。

原来是班长李锋拦腰抱住了他。

"敌人都打退了，还冲个啥子嘛！"李锋对着胡修道

一级英雄胡修道

的耳朵大声喊。

胡修道定了定神一看，可不是，阵地前敌人死尸一片，侥幸活下来的敌人正拼命地往回跑。

第二天，团长和连长来到 3 号阵地，他们直嚷着找胡修道，连长握着他的手说："小胡打得不错啊！"

"一般般吧，比老战士我可差远啦！"胡修道谦虚地说。

"哎呀，小胡，我这个老战士都比不上你呀！"团长直盯着他说，"你知道你昨天打死多少敌兵吗？280 多个！"

据五连观察哨记录，昨日胡修道光在 3 号阵地上一天打退了敌人 41 次冲击，消灭敌兵 280 多个，成为抗美援朝战争中单兵歼敌最多的战士！

1953 年 1 月 15 日，中国人民志愿军领导机关给胡修道记特等功，授予他"中国人民志愿军一级战斗英雄"称号。

1953 年 6 月 25 日，朝鲜民主主义人民共和国最高人民会议常任委员会授予他"朝鲜民主主义人民共和国英雄"称号，颁发一级国旗勋章、金星奖章。

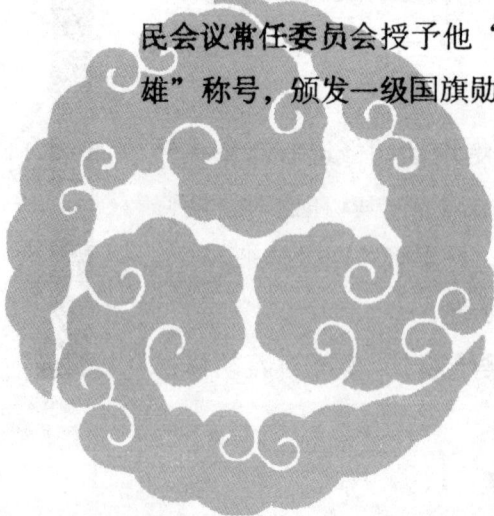

# 七、 一级英雄崔建国

● 崔建国便踏住不放，弯下腰把螺丝拧下来，去掉弹簧，使地雷失去了爆炸的效力。

● 战士们顺着水沟爬，全身浸在水里，只有头和枪口露在外边，匍匐前进150米，绕过铁丝网，前进到离地堡只有50米的地方。

● 崔建国用双手开枪，打热了这两支，再换那两支。敌人被他打倒20多个，剩下的8个敌人喊叫着跪在崔建国面前，高高地举着两只手，当中有个是美军少校。

# 实弹演练

1951 年 4 月，温暖的春风吹拂着朝鲜大地，战火中的树木顽强地吐露出嫩绿的新芽。抗美援朝战争已经进行快 1 年了，英勇的中国人民志愿军已经发动 4 次战役，将以美国为首的"联合国军"打回到三八线以南。

在一个春寒料峭的夜晚，志愿军第十五军第四十四师第一三〇团第九连二排排长崔建国在驻地组织战士们进行实弹演练。

崔建国组织战士们在地上修起地堡，在里边放一盏灯。崔建国在夜色中朗朗地说："就要打大仗了，谁也别在关键时刻给我军丢脸！今晚要看看大家的本事。"

"下面我规定课目，看到没有？"崔建国一指地堡，"机枪在 100 米外射击，边走边打，手榴弹要在 50 米外投掷，都得给我打到地堡枪眼儿里去。"

演习开始了。

第一个是机枪手魏明，他按照指定位置，只一发子弹便打熄了地堡里的灯，受到全体战友的喝彩。

第二个是机枪手陶泉。他只射穿了地堡枪眼的纸，红着脸要求试第二次。

崔建国制止他说："要节省子弹，你打进枪眼儿基本上就可以打上敌人，人不是比灯的目标还大吗！"

大家笑了。陶泉拂掉身上的灰土嘬着嘴说："我同魏明一天到晚在一块练，可是……"

接着是六班长王来成演习冲锋枪射击。他在 100 米外边走边射击，子弹都准确地射进地堡枪眼里去了。

战士们欢呼着把王来成围起来，这个说："六班长教我!"那个说："先教我!"

崔建国看到这种情形，心里暗自夸奖着这些战士："有这样好的战士还怕什么!"

这次演习后，那个没把灯打熄的机枪手陶泉，更加努力练习技术。

崔建国见了感动地说："陶泉同志，我知道你会努力的。"

陶泉笑着回答："排长，你在战斗中看我们第二次实弹射击吧!"

崔建国平日对战士非常随和，可是在练兵和作战时，对每一个战士在战术和技术上的要求，却非常严格。他懂得，严格地要求他们，正是爱惜他们的生命和保证战斗胜利的有力保障。

# 月夜穿插

1951 年 4 月 22 日,志愿军发动第五次战役。

5 月 16 日,崔建国接到任务:插到加里山去,斩断敌人之间的联系!

夜色中,崔建国率领部队作为"尖刀排"走在全军最前列。走了 7.5 公里路,尖兵报告说正面山脚发现火光。崔建国想:现在最要紧的是捉俘房了解情况,于是便带着六班走在前头。

月亮升上来了,借着月光,崔建国看到,东边和西边闪耀着火光,空中曳着红色的信号弹,左右翼的兄弟部队已经开始发动猛烈的攻击。

崔建国率领部队爬过大山,一条河流挡在前面。

"隐蔽通过。"崔建国下达命令。

当六班通过桥头时,被敌人发觉了。霎时间,桥头上交织成一片火力网。有一个战士正要冲过去,崔建国抓住了他的肩膀。

"你是谁?"

"陶泉!"

"蹲到那个坑里,打冷枪吸引敌人火力,然后过去……各班跟我来!"

战士们走在水里,两条腿用力地又不出声音地蹚过了河。这时，敌人从四面八方向桥头集中射击，空中挂着几十个照明弹。崔建国看着那里暗自觉得好笑。

蹚过河流，又穿过松林，尖兵报告发现地雷阵地。崔建国上去一看，地下埋着的，树上挂着的，都是地雷。

"马上排雷。"崔建国果断命令，战士们立刻拿出工具排雷。

崔建国正走着，突然感到脚踏上了一件东西，接着听到一种异样的声响。

"踩上地雷了！"崔建国不由打了一个冷战，他调整身体，保持地雷上的压力，然后慢慢蹲下去看，是反步兵跳雷。只要脚不离开地雷，地雷就不会炸。崔建国便踏住不放，弯下腰把螺丝拧下来，去掉弹簧，使地雷失去了爆炸的效力。

部队有惊无险地通过了地雷阵，随后主力部队沿着尖刀排的道路过来，迅速攻占了 752 高地，这便是加里山。

白天，在前进途中又遇到敌人的一道防线。营长命令："打掉前面 4 个地堡，插进去！"

崔建国带六班摸到离地堡 60 米处时，敌人的火力封锁住他们，一排通过开阔地时，出现了伤亡。

营长命令原地不动，待命攻击。战士们在新挖好的工事里忍受着饥渴。

一级英雄崔建国

# 突击地堡

崔建国用望远镜观察了周围地形，发现前方敌人约有一个连的兵力。他经过深思熟虑后，命令陶泉爬回去把情况报告给营长。

陶泉带回营长的指示，让崔建国到营部去汇报前沿情况。

崔建国在营指挥所见到了刚刚伤愈回来的连长，两个人紧紧地握手。他们已经20天没见了。

"同志们都好？"

"都好，他们都想念你，连长。"

"崔建国同志，命令你们二排把4个地堡拿下来，我们的主力要从这里通过去，我们的目的地不是这里，而是大水洞。"

连长靠近崔建国说："营长不让我上去，命令你代理我的职务。我相信你，崔建国同志。"

"连长，这4个地堡用多少人打呢？"

"你们一个排。"

"我的意见最多是一个班。"

"一个班？好吧，把你的计划谈谈吧。"

连长的眼睛立刻明亮起来，他微笑地倾听着崔建国的报告。最后他同意了这个计划，并嘱咐崔建国说："但是要小心，如果再来第二次就麻烦啦。"

崔建国迅速地爬回六班阵地，马上进行动员和分工，把全班分成4个突击小组，每个突击组打一个地堡，他命令王来成打第一个，牟金纯打第三个，平其山打第四个，自己和陶泉打第二个。

黄昏时候，火炮开始轰击，各组散开往前运动。

战士们顺着水沟爬，全身浸在水里，只有头和枪口露在外边，匍匐前进150米，绕过铁丝网，前进到离地堡只有50米的地方。

这时，走在最前边的一个战士踏响地雷牺牲了。

地雷声就是战斗的号角，战士们马上站起来，把冲锋枪往脖子上一挂，一齐向地堡开火。同时，地雷爆炸声也惊醒了敌人，敌人开始疯狂射击，又一个战士倒了下去。

这时，崔建国吹起小马号，号声在战士的脑海里震荡，战士们立刻冲进地堡。

一排从正面攻击上来，战壕里的敌人逃跑了。4个地堡里躺着18个美国人的尸体，地上流着血水。

陶泉从地堡里爬出来向崔建国说："排长，你看见我的第二次实弹射击了吗？"他指着地堡说："8个，一个也没活着。"

"陶泉同志，我看见啦，你第一梭子就射进地堡，后来你又投进手榴弹，对不对？"

"对！排长，你说得完全对。"

4个地堡在冒烟，这是5分钟的战绩。

一级英雄崔建国

# 荣立战功

天黑了，正是进攻的好时候。我军从缺口直奔大水洞，那里是美军第三十八团的所在地。

深夜，接近了大水洞，崔建国排接受了攻占 3 个山头的任务。这 3 个山头有多少敌人呢？大水洞村里是什么情况呢？崔建国决定带人去侦察一下，于是向村边摸去。

崔建国抓了个俘虏，送到了营部。

营长根据情况，命令崔建国排马上占领 3 个山头。

冲锋开始后，崔建国从后边迂回过去。敌人的一个机枪手正在射击，崔建国心里想："回你的美国去吧！"就把那家伙的脑袋瓜敲碎了，夺过机枪便对着敌人的阵地扫射起来，战士们趁机把手榴弹投进敌群。

第一个山头被占领了，接着六班又攻占了第二个山头，第三个山头的敌人不战而逃。只用了 10 分钟，二排就占领了 3 个山头。突击道路被打开了。

就在这时候，营部通信员跑来传达命令：二排继续前进，打进大水洞，冲进敌人的指挥部。

崔建国向赶来庆功的连长说："连长，你回营指挥所去吧，这里有我。"

连长说："你是说我怕死?!"黑暗中大家都沉默了，

崔建国好像看见连长那张脸正怒气冲冲。

一营的部队过来了，战士们互相问候着，一营参谋长抱着崔建国说："崔建国同志，打得很好！我听到你们立功的消息了。请替我问候你的英雄们！我用军人最宝贵的荣誉称呼你们，你们是最光荣的人！"

连长和崔建国商议妥当，便又开始前进了。

已经深入到敌人后背，敌人不会想到我军已经打到这里。崔建国决定不再隐蔽，部队沿着公路大模大样地前进，公路两边的敌人以为是撤下来的自己人，就没有射击。

绕过大水洞侧后，遇到敌人的炮兵阵地。那些美军炮手们正在盲目地轰击。崔建国马上命令部队消灭他们。

战士们一齐开火，把敌人全部消灭在阵地上了。炮变成了哑巴，大水洞的周围正展开激烈的冲杀战。

连长看了看表说："崔建国，现在就要向美军第三十八团表演最后一出戏，走吧，到前边看看地形。"

他们向前爬了一段路，正要下坡的时候，黑压压的敌人反扑上来。正确地说这不是反扑，而是敌人要逃跑，因为这里是他们的后路。

崔建国慌忙把连长推回去，他和通信员顶住敌人。

敌人用各种火炮向这片阵地轰击，田野上土柱冲天，火焰四起。连长被一颗燃烧弹击中，王来成和战士们上去抢救，只见连长浑身是火，腰被炸断了。他们用土扑灭火焰，把连长的尸体背了下去。

一级英雄崔建国

崔建国高喊一声："为连长报仇！"

战士们怒吼着："为连长报仇！"

魏明一面射击一面喊："上来吧，小子们！"敌人被他扫倒一片。

王来成右肩和腿部负重伤，他用左手继续射击，用另一只腿爬着。

全排人集中火力向敌人射击，短兵相接，充分发挥了轻火器的威力，敌人一片一片地倒下去。

子弹全部打光了，敌人又反扑上来。

崔建国挥动着刺刀，他发出了震天动地的号召："为了祖国，为了毛主席，冲锋！"

战士们呼喊着纷纷冲入敌群，一时杀声四起。在漆黑的夜里，战士们在敌人阵地上展开了英勇而激烈的白刃战。

魏明子弹打光了，一个敌人冲上来，被他用石头打死。又有两个敌人用刺刀刺来，他飞舞着铁锹，劈碎了那两个敌人的脑袋瓜。

弹药手王银成被一个敌人压在底下，他咬掉了敌人的耳朵，那家伙抱着血淋淋的脑袋逃跑了。

班长申学礼虽然负伤4处，还勇猛地和敌人拼杀。

崔建国杀红了眼睛，一连刺死了6个敌人，把刺刀都拼弯了。

这一场惊天动地的肉搏战，杀得敌人胆战心惊，活着的敌人慌乱地逃回大水洞。

崔建国和他的英雄们分成两个组，利剑一样直插敌团指挥部，冲到敌人汽车群里，又和敌人展开了白刃战。

敌人害怕拼刺刀，就开枪射击。崔建国就地打着滚，捡起敌人丢弃的枪支和弹药，隐蔽在一辆汽车后边。

这时，从正面冲来 30 多个敌人，崔建国用双手持枪，打热了这两支，再换那两支。敌人被他打倒 20 多个，剩下的 8 个敌人喊叫着跪在崔建国面前，高高地举着两只手，当中有一个是美军少校。

我军主力部队从四周冲进来，各处展开了歼灭战。

美军第三十八团被歼灭了。

大水洞的街上、房子里、郊外，处处是敌人的尸体，遍地是汽车、武器和物资。

战士们正在打扫战场，一批一批的俘虏被押着走过去。

陶泉和魏明洋洋得意地走着，嘴里吹着口哨，老远就向排长立正敬礼。

崔建国笑了，陶泉和魏明也笑了，他们没有说话，他们充满了快乐。

崔建国紧了紧风纪扣，整理了一下衣帽，便迈着轻快的步子去见团长。

崔建国向团长敬礼后作了汇报。

团长握着他的手说："崔建国同志，我代表师首长谢谢你，谢谢你的战士们，你们光荣地完成了任务。现在，我要向你正式宣布上级的命令：从现在起，你已经是九

一级英雄崔建国

连的连长了。还有更重要的是，因为你和你的战友们立了大功，现光荣地命名你所领导的二排为'中华儿女崔建国排'。"

接着，团长宣布了立功名单，立特等功的是：崔建国、王来成、陶泉、申学礼，立一等功的是：魏明、胡海陆，并宣布九连和二排各立大功一次，六班立特等功一次。

四周响起了掌声，崔建国眼眶里充满了热泪。

# 八、 一级英雄孙生禄

● 天空中出现了一幅扣人心弦的画面：两架飞机闪电似的迎头飞着，以相同的速度，相差无几的高度，急速靠拢……

● 飞机着陆后，人们围拢来一看，立刻愣住了：飞机的天线片被打断，涡轮片打坏了，机身前前后后布满了弹眼。

● 孙生禄用尽最后的一点力气猛地拉起机头，驾着烈火熊熊的战鹰、径直向敌人机群猛撞过去……

# 猛冲击敌

1952 年 12 月 2 日午后，敌人吹嘘的"王牌"F－86机群，气势汹汹地掩护着一大批轰炸机，向鸭绿江大桥和水丰发电站飞来，企图对这里进行轰炸。

志愿军空军第四师一大队副队长王海接到战斗命令，立即率领着战鹰飞入天空，向着敌人 F－86 机群发起攻击。飞行员孙生禄和僚机马连玉紧跟在王海的侧后，担负保卫长机的任务。

突然，右前方出现了 4 架敌机，它们正偷偷地向兄弟中队后尾咬去。

为首的那架敌机眼看就要进入有效射程，孙生禄紧紧把住操纵杆，准备射击。就在这时，耳机里传来了指挥员王海的声音，命令他迅速支援兄弟中队。

要支援战友，必须使飞机向右急转，而这样急速地转弯，动作很猛，飞机很容易因为进入"螺旋"而失去控制，甚至飞机会在操纵失灵的时候，遭到敌人的袭击。

为了支援战友，孙生禄忘记了这一切。他两眼紧紧盯住敌机，驾驶飞机急速地转过去。跟在他后面的僚机却在转弯的时候进入"螺旋"，飞机向下直滑，在半空中转了一圈又一圈……

现在，只剩下单人单机了！面对着 4 倍于己的敌人，孙生禄不慌不忙，用娴熟的动作操纵着飞机，向着为首的一架敌机迎头冲击。

天空中出现了一幅扣人心弦的画面：两架飞机闪电似的迎头飞着，以相同的速度，相差无几的高度，急速靠拢……

孙生禄透过机舱，看到敌机硕大暗灰色的机身迅速压过来，机身上涂着的两条黄杠，座舱下猴子头一样的标记也清晰可见，甚至还能隐隐看到座舱里敌人那张狰狞凶恶的面孔。再有几秒钟的时间，两架飞机就会在空中相撞，连人带机炸成碎片。

在这紧张的一瞬间，孙生禄保持着清醒的头脑。孙生禄知道，如果现在迅速转弯，或者上升、下滑，都可以避免和敌机互撞，但那无疑是给敌机袭击的机会。孙生禄没有犹豫，坚定地和敌机打对头。

两机距离越来越近了，敌机朝孙生禄猛冲过来。眨眼之间就要与敌机相撞，没想到敌机飞行员害怕了，向左掉转机头想跑。机警的孙生禄发觉敌机的机头向左一扭，立刻在敌机左转的一瞬间，急蹬右舵，向右压坡度，紧紧盯住敌机的机尾，一按炮钮，"咚咚咚"，炮弹拖着火焰向敌机的腹部飞去。顿时，敌机冒出浓烟烈火，铝片四下进裂，敌机坠落下去。

敌机被击落了，孙生禄才觉察到身上的衬衫全被汗水浸透了。他急忙抹抹挂满汗珠的脸，把视线转到左后方的 3 架敌机。

那3架敌机就像3个黑十字架一样，向孙生禄箭一般地射来，妄想借助于数量上的优势，趁他击落敌机还没来得及转移的一刹那，出其不意地向他攻击。

面对着这3架来势汹汹的敌机，孙生禄装着没看见，一直向前飞。敌机快进入有效射程了，孙生禄果断地一压操纵杆，猛蹬舵，向左猛地转弯，加大速度，从3架敌机的肚子下，闪电般钻了过去，随后使飞机上升，翻了个筋斗，又来了半个横滚，正好升到敌机的后上方，一下子占据了有利的攻击地位。他再稍一推杆，机头下倾，速度增快，盯着一架敌机猛扑上去，随即开炮。

一架敌机被击中，四分五裂地撒落了下去。

孙生禄拉起机头正准备返航，不料又遭遇另两架敌机偷袭。忽然，机身剧烈地抖动了几下，机舱盖被打穿，冷风呼呼地刮进了座舱。

孙生禄迅速摆脱敌机，操纵着失灵的飞机，在高空里飞着。

最后，孙生禄终于在友邻机场安全着陆。

飞机着陆后，人们围拢来一看，立刻愣住了：飞机的天线片被打断，涡轮片打坏了，机身前前后后布满了弹眼。

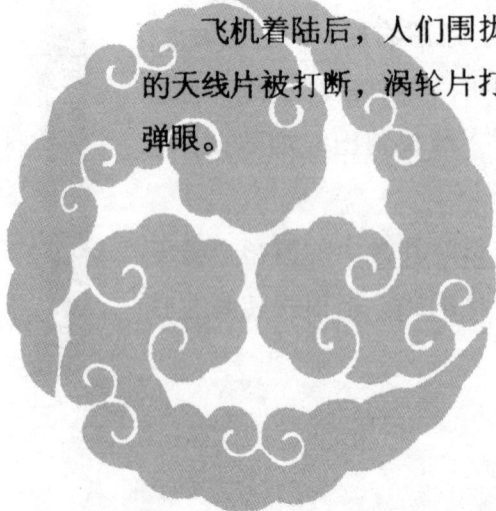

# 独身格斗

第二天上午 11 时，美机再次来袭，一大队再次起飞迎战。

孙生禄在空中全力支援友机，击落企图偷袭一大队副队长王海的敌机，又取得了击落一架敌机的战绩。

返航了，飞行员们正要吃饭，敌机突然来临，飞行员们顾不得劳累，又披上战袍出征了。

这次敌人派出 44 架 F-86 战斗机到清川江以南骚扰，王海立即率大队飞赴战区。

孙生禄率僚机担任大队后卫，飞在机群后方。

当我军机群到达清川江上空时，迎头遇上了从海面上钻出的 12 架敌机。

孙生禄和僚机迎头向敌机冲过去，吓得一架架敌机赶快拉起机头躲避。孙生禄顺势咬住一架敌机，把机头一推，从万米高空一直压到千米低空。孙生禄边追边瞄准，正当他准备按动炮钮时，两架敌机从左边忽然冲来，向他猛烈开火，炮弹在飞机周围爆炸，座舱上溅着火花。

可是孙生禄全然不顾，向前方敌机射出串串炮弹，然后，一拉机头，直冲云霄，急红了眼的两架敌机在后面紧追不舍。

孙生禄刚要左转摆脱敌机，突然看见右前方 4 架敌

一级英雄孙生禄

机抄着近路，气势汹汹地向我大队机群尾后冲去。

情况紧急，孙生禄不顾后面敌机的追击，驾着受伤的战机，风驰电掣般冲过去，拦住了敌机的去路，使我机群脱险。

这时，孙生禄陷入了四面敌机的围攻，机身周围响起阵阵炮声。他上下翻滚，横冲直撞，毫不畏惧地与敌机群格斗着，吸引住敌机群，为我机群歼敌创造了有利的战机。

敌人的炮火越来越猛，孙生禄的飞机已多处受伤，机身剧烈地摆动着，操纵已非常困难。

孙生禄用尽最后的一点力气猛地拉起机头，驾着烈火熊熊的战鹰，径直向敌人机群猛撞过去……

战斗结束了，我机群打败了敌人，取得了击落击伤敌机 6 架的辉煌战绩。

但年轻的孙生禄却再也没有回来。

1952 年 12 月，中国人民志愿军空军和朝鲜人民军空军领导机关决定为他追记特等功，追授他"空军英雄"、"一级战斗英雄"的光荣称号。

# 九、 二级英雄刘光子

● 眨眼间，一群敌人黑洞洞的枪口就伸到了刘光子的面前。

● 跑在前面的一个大个子敌军吓得一下子坐在地上，刘光子劈头夺过他手里的机枪，然后掉转枪口对着敌人。

● 战士们刚要准备射击，看见刘光子端着机枪也走出树林。大家明白了，刘光子押着俘虏回来了。

# 猛虎下山

1951 年 4 月 25 日，志愿军六十三军第一八七师五六一团战士刘光子站在雪马岭的一座山上向南眺望，那里枪声和炮声正响成一片。

刘光子一边听一边觉得不过瘾，这临津江咋这么不经打，没打几枪就过来了。

昨天，志愿军在雪马里地区以迅雷不及掩耳之势，完成了对英军赫赫有名的王牌部队——格罗斯特双徽营的包围。

格罗斯特营已有 150 年的历史，在 1810 年远征埃及的殖民战役中因突出重围转败为胜，受到英皇的赏赐。从此，这个营的官兵，军帽上特许佩戴一前一后两枚写着"皇家陆军"的徽章，又称"皇家陆军双徽营"。

朝鲜战争时，这个营隶属英军第二十九旅。因为平时训练极为严格，所以堪称"精锐中的精锐"，英军的"灵魂"部队。

当这支拥有重大荣誉和辉煌的王牌部队被中国人民志愿军五六一团包围后，在"联军"内部马上就引起了巨大恐慌。上任仅 10 多天的联军总司令李奇微接到报告后亲自飞到朝鲜，研究解救格罗斯特营的方案。他发誓要不惜一切代价，救出该部。然而，出乎敌人意料的是，由美军第三师组成的救援部队，因受到我军一八七师外围部队的勇猛阻击，尽管他们动用了飞机、坦克、大炮，无数次对我阵地实施狂轰滥炸，但却始终无法攻破我军防线。虽然援敌与格罗斯特营相距不到两公里，却始终无法与之会合。

4月25日，我第五六一团以猛虎下山之势，对被包围的这支英国王牌部队发起最后攻击。尽管训练有素的格罗斯特营不甘束手就擒，试图拼命抵抗，但一番激战后，英军很快就被打得四处溃逃。

# 前插截敌

敌人正在溃逃，自己却在这里傻等着，刘光子觉得很憋屈。

突然，他听到身后有人走过来，连忙转身，看见两个志愿军战士走了过来，报告说山梁下面有格罗斯特营的一个炮兵连，100多号人乱糟糟地正准备携炮逃走。刘光子立刻带领两个战士追了上去。

刘光子让两个战士在后面追，自己则抄近路向前插，想在前面截住敌人。

刘光子甩开大步，几乎和敌人平行着往前跑。

跑着跑着，刘光子突然发现敌人没了声音，就停下来观察。他突然发现从前面走过来两个敌人，就立刻扫了一梭子，撂倒其中的一个。

剩下的那个敌人吓得"哇哇"大叫，但是没有后退，反倒向他跑过来。接着，一大群敌人呼啦一下从山脚下站起来要跑。

原来，那个敌人想回到自己的大队里。

敌群里站起一个军官，挥动手枪拼命压制队伍，敌人安静了下去。

敌人军官一看刘光子只有一个人，就一挥手，带着一群敌人冲过来，想活捉刘光子。眨眼间，这群敌人黑洞洞的枪口就伸到了刘光子的面前。

刘光子趴在石头后面，一动不动，心里盘算着怎么消灭这些敌人，他决定和这些敌人同归于尽。于是，刘光子悄悄地拧开手榴弹后盖，拉出弹弦，用小手指扣住拉环，等着敌人上来。

敌人军官一边用手枪指着刘光子，一边伸出毛乎乎的手要抓刘光子，他以为刘光子已经被吓晕了。

就在这时候，刘光子脑子里一闪，不能和敌人一起死。于是，他把手榴弹向敌人一扔，然后迅速向后滚。

敌人一看手榴弹飞过来，吓得四散奔逃，但已经来不及了。

"轰"的一声，敌人被炸倒一大片。

刘光子被手榴弹给震晕了，眼前一黑，昏了过去。

二级英雄刘光子

# 惊人之举

刘光子醒过来时，听到有志愿军喊："敌人往南边跑了，快追啊！"

刘光子刚要站起来，眼前又是一阵眩晕，他只好坐在地上，等到脑袋清醒了，他又抓起冲锋枪追了上去。

"可不能再让敌人跑了。"刘光子一边跑一边想。

终于，刘光子截住了正在逃跑的一群敌人。

"不许动！谁动就打死谁！"刘光子一声断喝，端着冲锋枪威风凛凛地拦住敌人的去路。

跑在前面的一个大个子敌军吓得一下子瘫在地上，刘光子劈头夺过他手里的机枪，然后掉转枪口对着敌人。

敌人被眼前这个从天而降的志愿军战士惊呆了，不知道怎么办才好。

刘光子听到右面有敌人在说话，就用机枪"哗哗"地扫了过去，吓得面前的敌人直发抖，甚至有人跪下了。

看着吓得瘫软的敌人，刘光子犯难了，不能都打死，可是不知道其他敌人在哪儿，如果再有敌人冲过来，自己肯定对付不了。

刘光子突然想起开战前，连长给自己发的传单，手伸到怀里抓出一把，撒向敌群。

敌人看了传单不那么惊慌了，他们知道志愿军优待俘虏，一个个大眼瞪小眼地看着刘光子。

刘光子一指我军的阵地，大声命令说："快走。"可是敌人没动，又喊一声，还是没动。刘光子明白了，敌人听不懂自己在说什么。怎么办呢？也许朝鲜话能听懂吧。于是他又用朝鲜话命令敌人快走。

敌人终于听明白了，自动排好队，向我军阵地走去。

刘光子在敌人侧面端着机枪，一边走一边用朝鲜话催促敌人快走。

我军阵地上，几个战士正在为刘光子担心，突然看见一群敌人从树林里走出来，刚要准备射击，看见刘光子端着机枪也走出树林。大家明白了，刘光子押着俘虏回来了。

大家高兴地跑下阵地，纷纷竖起大拇指夸奖刘光子。此时刘光子满脸都是泥土，身上的衣服也被炸得支离破碎。面对战友们的夸奖，刘光子有些不好意思。

经过清点，刘光子俘敌 63 名，都是英军王牌"双徽营"的士兵。

我志愿军五六一团经过一天的激战，全歼英国格罗斯特双徽营全建制的 4 个步兵连、2 个炮兵连、1 个中型坦克连的 1000 多名士兵，营长被俘，全营仅逃掉 39 人。而该营所在的英军二十九旅，也在志愿军六十三军的打击下减员一半以上，彻底失去了战斗力。

刘光子是位老实、腼腆的志愿军战士，自己做出了这样一件惊天动地的大事，事后却不敢向部队首长汇报，

二级英雄刘光子

甚至也不愿承认这些俘虏是他一个人抓的。

当部队清点俘虏时，指挥官吃惊地发现，有 63 名英军俘虏，竟找不到活捉他们的英雄。部队领导于是认真调查，有两名新兵终于偷偷地承认说：这些俘虏是我们组长刘光子捉的！

当时团领导听了这话后大吃一惊，他一人能俘虏 63 名英军？后经认真核实，确实无误。

在雪马里战斗前，志愿军五六一团曾提出过一个口号：抓一个俘虏立一功！刘光子的英雄事迹材料上报后，1951 年年底，志愿军总部授予刘光子"孤胆英雄"荣誉称号，并记一等功。

# 十、 特等功臣张桃芳

● 第一次上狙击台，张桃芳一见到敌人就"突突突"连射，一梭子弹打空了，班长问打着没有，张桃芳脸红了。

● 皮定均找来参谋，递给他一双皮靴说："你去八连看看，如果真是个神枪手，就把这皮靴奖给他，如果不是就拿回来。"

● 张桃芳抓住美军机枪射击的间隙，突然起身、出枪、举枪、瞄准，随即果断扣动扳机。

# 扬名靶场

1953 年，朝鲜，志愿军二十四军靶场。

"啪！啪！啪……"几声清脆的枪声过后，报靶员挥舞小旗报告成绩："10 环，10 环，10 环……"

观看射击的部队沸腾了，欢呼声、掌声如雷响动。对一名训练有素的射手来说，在 100 米处打 10 环并不稀奇。然而，这些身经百战的志愿军官兵此时却异常兴奋。

这到底是一场怎样的射击表演呢？

射击阵地上，一名年轻的射手面对战友们的欢呼，显得有些不好意思，他摘下帽子挠挠后脑勺，脸上满是微笑。此时，他的手中平端着一支苏制莫辛－纳甘步枪，那几个 10 环是端着枪打的，根本没有瞄准。

他就是张桃芳。

张桃芳是江苏兴化人，童年正赶上日军侵华。那时，附近的日军隔三岔五就要来村里杀人放火，但勇敢朴实的农民并没有被吓倒。每次鬼子快要来村里祸害时，他们就杀鸡，将鸡血泼在鬼子的必经之路上。那些平日里看似凶神恶煞的鬼子见到鸡血便顿时没了气焰，作恶取乐的兴致大减。

张桃芳从中悟出一个道理：看起来凶残的敌人其实非常胆怯。抗日战争胜利后，张桃芳当上了儿童团团长，手下有五六百个儿童团员。

1947 年还乡团反攻，将抓住的儿童团副团长毒打致死，又四处通缉张桃芳。当时，张桃芳就在旁边的田里悠然自得地给人放牛。16 岁的张桃芳心里充满了对敌人的不屑："就凭你们还想抓住我?"

1952 年，张桃芳是刚上前线 3 个多月的新战士。在上甘岭阵地，他凭吊了英雄黄继光牺牲的地方。一腔爱祖国、爱人民、学英雄、做英雄的激情在他的胸中涌动："我一定向黄继光学习，争做杀敌百名的狙击手!"

特等功臣张桃芳

# 首次狙击

第一次狙击，张桃芳一见到敌人就"突突突"连射，一梭子弹打空了，班长问打着没有，张桃芳脸红了。

班长拍着他的肩，安慰说："难怪你打不到敌人，是你还没有掌握打'活靶'的规律。"班长又耐心地教他上山的敌人该怎样打，下山的敌人该怎样打，走得快的该怎样打，走得慢的该怎样打。

班长的话使张桃芳恍然大悟。

第二次狙击开始了，张桃芳端起枪向山下走去的3个敌人中的头一名射击，"叭"的一声，头一名敌人没打倒，却击中了第二名敌人。

这是怎么回事呢？张桃芳蹲在坑道里怎么也想不通。

班长又耐心地告诉他："敌人是向山下逃，你瞄准第一个敌人的脑袋却打着了第二个，对下山的敌人要用这种打法。"张桃芳认真听，仔细体会。

有一天，狙击下来，他撂倒了4个敌人。张桃芳紧锁的眉头终于舒展开来。

可是杀敌心切的张桃芳不甘心一天击毙4个敌人的纪录。在阵地上，他和战友们专心观察敌人活动的道路，休息和出没的地方，只要听到报告，枪声响处敌人就要丧命。

一次，张桃芳把枪放在封锁口上，忽听观察员喊了一声："注意，2 号发现活靶。"张桃芳举枪便射击，"叭"的一声，这个敌人立即倒下，接着便滚下山去。原来这是个挑油桶的敌人，中弹倒下时，油桶也随着滚下，尸体上溅满了油。

张桃芳和战友们驻守的上甘岭成了敌人的"伤感岭"，五圣山被敌人称为"狙击山"。敌人害怕了，想尽办法对付我军的狙击手。

一天，张桃芳正在狙击台上观察，突然发现敌人阵地上站起个奇怪的东西，四肢僵硬，衣服随风轻轻摆动，钢盔也是歪歪斜斜的。

张桃芳观察了一会儿，轻蔑地说："假目标，骗我射击的。哼，敌人连个假人都不会做。"说完，张桃芳继续观察。

突然，张桃芳发现假人后面有个身影在晃动。

"好机会!"张桃芳果断举枪，轻压扳机，一道火，两道火，"砰! 砰! 砰!"清脆的枪声响起。子弹穿过假人击中敌人，敌人一个个栽到山下去了。

在 18 天的战斗中，张桃芳用 220 发子弹，消灭了敌人 71 名，差不多每 3 发子弹报销 1 名敌人。他所在的班立了三等功，张桃芳光荣地加入了新民主主义青年团。

上级领导为了进一步培养这名有着光荣战绩的狙击手，调他到狙击训练队学习了两个星期。

在这里，张桃芳向其他阵地上的战友学习了不少宝

特等功臣张桃芳

贵经验。他的射击技术又提高了一步。

13 天时间里，他用 212 发子弹消灭了 140 个敌人，平均 3 发子弹击毙 2 个敌人，每天击毙 11 个敌人，几乎成了百发百中的神枪手。

# 弹无虚发

二十四军出了神枪手，军长皮定均不大相信这个数字。他从床下拿出一双皮暖靴，那是志愿军总部发给高级干部的。"你把它带上，去八连看看那个张桃芳，3 发子弹消灭一个敌人，要是真的，把靴子送给他，要是假的就拿回来，就要处分他的连长、营长、团长。"他对作战参谋交代道。

参谋找到张桃芳，怕他紧张，没说是军长叫他来检查的，只说想看看他打枪。

其实张桃芳不在乎这个，他觉得有人看着打更刺激。

次日拂晓，张桃芳把参谋安置在一个隐蔽位置，让他别动，敌人的狙击手也盯着这儿呢。张桃芳提着一支"水连珠"步枪上了一个狙击台。东方刚发白，朦胧中，对面 300 米处出现了一个人影，看样子是出来拉屎撒尿或拾柴火的。

张桃芳悄悄地说："我打啦。"

一声枪响，那家伙像柴火堆一样地倒下了。

参谋看着表，15 分钟，那家伙没动。好，算击毙！

片刻，一个哨兵钻进了视野，180 米左右。又一声枪响，一发曳光弹拉着弧线撞到了那个哨兵的胸部。

几乎同时，一串机枪子弹落在了张桃芳的射击台上。

特等功臣张桃芳

敌人也盯上他了。

参谋是个行家，知道现在张桃芳态势不利。他没看见人家，人家却看见了他。

这时天大亮了，张桃芳用步枪顶着一顶钢盔想诱敌人上当。

老把戏，敌人早看透了，没搭茬。

张桃芳决定冒一下险。他猛地蹿过一片空地，跳进另一个掩体。一串子弹撵了过来，他双手一扬，身子一翻，作被命中状。

这下看清楚了，一挺机枪架在两块大石头缝中，后面晃着一个脑袋。张桃芳悄悄向参谋报出目标位置，然后一声枪响，对面枪也同时响了。他打中了人家，人家没打中他。

参谋服气了。

# 高手对决

一天清晨，张桃芳像往常一样在一号狙击台上观察美军阵地。突然，一串子弹"嗖嗖"地射来，他的大衣和棉衣上顿时穿了7个洞。幸运的是，子弹只是穿衣而过，并未伤人。

突如其来的冷枪把张桃芳惊出了一身冷汗。狙击手的直觉让他意识到：这次遇见对手了！

张桃芳刚要抬头看看子弹射来的方向，"咔咔咔……"又一串子弹射来，溅起的泥土撒在张桃芳的帽子上。张桃芳放弃了再次观察的打算，顺着交通沟撤回了坑道。

那个幽灵般的美军狙击手绝非等闲之辈，消灭这样的顶尖高手，张桃芳需要等待有利的战机。

又是一个清晨，他提着枪向4号狙击台走去。4号狙击台是一个5米多宽的射击阵地，与阵地间有一段狭窄的坑道相连，狙击台对面是美军的青石山阵地。

突然，张桃芳听见头顶上"嗖"的一声，感觉有颗子弹呼啸着飞了过去。他知道，这种声音说明子弹是贴着头皮飞过的。

好险！危急时刻，张桃芳奋力甩掉大衣，敏捷地钻进连接狙击台的坑道。敌人的子弹尾随而至，激起的烟

特等功臣张桃芳

土封住了整个坑道口。张桃芳算好时机，突然从坑道中跃出，向狙击台扑去。"嗒嗒嗒……"20多发子弹追着张桃芳扫了过来。他身体一歪，佯装中弹倒进了狙击台。

美军狙击手停止了射击，隐蔽在掩体后面的张桃芳清楚，对手肯定正在观察战果，不能贸然出击。

张桃芳爬到了狙击台的另一侧，悄悄地探出头，顺着子弹来袭的方向仔细搜索对手的位置。突然，青石山阵地上的两块巨石吸引了张桃芳。很快，张桃芳那鹰一样敏锐的眼睛就找到了隐蔽在石缝间的敌军狙击枪，那是一挺装备了瞄准镜，专门用来狙击的 M2 重机枪。

就在张桃芳发现对手的同时，"幽灵"也从瞄准镜中看到了他，M2 机枪瞬间喷出一道火舌。

张桃芳就势一滚，躲回了掩体。

"你该回去休息了！"

张桃芳抓住美军机枪射击的间隙，突然起身、出枪、举枪、瞄准，随即果断扣动扳机。"幽灵"几乎也在同一时间发现了张桃芳，迅速瞄准击发。就这样，中美两名顶尖狙击高手在刹那间完成了交锋。张桃芳射出的子弹击碎了"幽灵"的脑袋，而那串 12.7 毫米的机枪弹则擦着张桃芳的头顶射入了泥土。

抗美援朝战争结束后，张桃芳以击毙 214 名敌人的战绩被志愿军总部记特等功，并授予"二级英雄"称号。朝鲜最高人民会议常任委员会授予他一级国旗勋章。

# 参考资料

《抗美援朝英雄故事》陈文著 少年儿童出版社

《抗美援朝战争纪事》中国军事博物馆编著 解放军
　出版社

《开国第一战：抗美援朝战争全景纪实》双石著 中
　共党史出版社

《志愿军援朝纪实》李庆山著 中共党史出版社

《在志愿军司令部的岁月里——参谋长战争回忆丛
　书》杨迪著 解放军出版社

《志愿军战事珍闻全记录》胡海波著 军事科学出
　版社

《十大王牌师》宋晓军 青山编著 中共党史出版社

《汉江血痕：解放军第五十军征战纪实》王顺才 申
　春著 云南人民出版社

《雄风烈火：中国人民解放军第六十四军征战纪实》
　于德学 袁占先著 解放军文艺出版社

《威武之师：中国人民解放军第二十七军征战纪实》
　苏灿杰 王卿军等著 解放军文艺出版社